KB164475

사 이 에
대 하 여

사이에
대하여

최민자 수필집

연암서가

지은이 최민자

전주에서 태어났다. 전주여고와 서울대를 졸업하고 『에세이문학』으로 등단
하였다. 정제된 언어와 감각적인 문체로 일상적 삶의 저변을 성찰해내는 그
의 글은 자연과 인생, 존재와 근원에 대한 날카로운 예지와 깊이 있는 통찰로
생전의 피천득 선생에게서 진즉 '어떤 찬사도 아끼지 않는다'라는 상찬의 추
천사를 받은 바 있다. 현대수필문학상, 구름카페문학상, 펜(PEN)문학상, 윤오
영문학상, 조경희수필문학상 등을 수상하였으며, 한국수필문학진흥회 부회
장, 『한국산문』과 『수필 오디세이』 편집고문, 북촌시사 회원으로 활동 중이다.

사이에 대하여

2021년 5월 20일 초판 1쇄 발행
2022년 6월 20일 초판 2쇄 발행

지은이 | 최민자
펴낸이 | 권오상
펴낸곳 | 연암서가

등록 | 2007년 10월 8일(제396-2007-00107호)
주소 | 경기도 고양시 일산서구 호수로 896, 402-1101
전화 | 031-907-3010
팩스 | 031-912-3012
이메일 | yeonamseoga@naver.com
ISBN 979-11-6087-079-4 03810
값 15,000원

게으르고 느긋하게 살자 해놓고 다시 서둘러 책을 엮는다. 이런 저런 이유로 억눌려 있던 상념들이 내압을 이기지 못하고 단시일에 분출해 버린 까닭이다. 글의 대부분이 지난 연말부터 삼월 초까지, 페이스북에 올려진 것들이어서 문채(文彩)가 단조롭거나 문장이 거칠지 않을까 저어되기도 하는데 최소한만 손보아 내기로 했다. 즉각적 소통을 생명으로 하는 SNS의 특성을 따라 퇴고의 여지 없이 급하게 쓰다 보니 '붓 가는 대로'라는 수필(隨筆)의 문자적 의미에 가장 부합하는 글이 된 듯하다.

일곱 권의 수필집을 펴내는 사이, 글은 이미 내 모자를 빛내 줄 장식 깃털도, 기댈 만한 소통의 방편도 되어 줄 수 없음이 자명해졌으나 크게 괘념치 않으려 한다. 활자를 갖고 노는 분복만으로 이미 충분히 행복했으므로. 존재의 저 밑바닥을 훑는, 삶의 날숨 같은 영혼의 지문들을 들쭉날쭉 얽어내는 홍복만으로 한참은 더 행복할 것이므로.

『손바닥 수필』 이후 잊을 만하면 은근하게 종용해 주는 연암서가 권오상 대표의 속 깊은 우의에 감사드린다. 디지털 매체에 밀려 기운을 잃어가는 종이책에 대한 무한애정만큼이나 얼치기 작가에 대한 무한신뢰를 보여주지 않았다면 출판이 훨씬 늦어졌을 것이다.

필까 말까 주춤거리던 꽃들이 며칠 사이 흐드러지더니 목련이 뚝뚝 떨어져 내린다. 햇살이 더 쇠어 버리기 전에 눅진한 심신을 봄볕에 내다 널어 봐야겠다. 아무 일도 하지 않고 시울시울 졸고 있는 담벼락 위 늙은 고양이처럼.

2021년 봄날에
최민자

차례

1장

지구별의 문법

광어와 도다리

오 억 오천만 년 전, 세상은 일테면 장님들의 나라였다. 캄브리아 대폭발로 진화의 포문이 열리기 전까지, 느리고 평화로웠던 저 식물적 시대는 눈의 탄생이라는 지구적 사건으로 시나브로 종결되어 버린다. 세상이 움직이기 시작한 것이다. 빛을 이용해 시각을 가동시키기 시작한 동물들은 생명의 문법을 송두리째 흔들어 버렸다. 조용했던 행성이 먹고 먹히는 먹이사슬로 포식과 피식의 격전지가 되어갔다. 먹히지 않기 위해 외피를 강화하거나 지느러미를 발달시키고, 사냥을 위해 힘센 앞발과 송곳니를 장착하는 등 군비경쟁이 시작되었다. 공격과 방어, 양수겸장의 초병으로서 눈의 역할이 지대해졌다. 한번 켜진 빛 스위치는 지금까지 한 번도 꺼지지 않았다.

그런 와중에 눈이 다섯 개나 달린 녀석도 생겨났다. 캄브리아

중기에 살던 오파비니아다. 둥그런 머리에 다섯 개의 눈을 앞이마에 둘, 뒤 양쪽에 둘, 나머지 한 개는 뒤쪽 중앙에 장착했다. 사각지대에 숨은 적군도 살피고 뒤에서 다가오는 첩자도 미리 알아채 공격할 수 있었으니 경쟁에서 얼마나 유리했을까. 남들이 인력거 타고 다니는 시대에 전조등과 사이드미러, 백미러까지 갖춘 첨단 람보르기니를 몰고 다니는 기분이었을 테니. 그런데도 이상하게 멸종해 버렸다. 세상은 그나마 공평해서 많이 가진 놈들이 유리한 것만은 아닌 모양이다.

그런가 하면 호메로스의 『오디세이아』에는 눈이 하나뿐인 키클롭스(Cyclops)가 등장한다. 나무를 뽑아 이쑤시개로 사용하던 외눈박이 거인이지만 그 외눈마저 오디세우스의 창에 찔리고 만다. 『피터 팬』에 나오는 애꾸눈 선장 후크도 이야기 속에서만 용맹하다. 흔들리는 배 위에서 칼싸움을 하려면 외눈 하나만으로는 거리조절이 안 되어 이길 확률이 높지 않았을 것이다. 눈 두 개, 콧구멍 두 개, 귀 두 개, 다리 두 개……. 돌쩌귀도 암수가 맞아야 하고 볼트와 너트, 열쇠와 자물쇠도 짝이 맞아야 제구실을 하니 두눈박이가 대세가 된 게 이상한 일은 아니다. 두눈박이라고 다 같은 두 눈은 아니겠지만.

목표를 향해 돌진해야 하는 맹수들은 눈 사이가 좁고 정면을 향한다. 맹금인 독수리도 부리부리한 두 눈이 가운데로 몰려 있다. 반면에 잡아먹히지 않기 위해 주변을 끊임없이 두리번거려야 하는 초식동물들은 겁먹은 눈빛에 눈 사이가 멀다. 기다란 얼굴의 측면에 붙어 적들을 경계하기 좋게 되어 있다. 그래야 생존에 유리해서일 것이다. 인간의 눈은? 호랑이 사자보다, 심지어 개 고양이보다도 눈과 눈 사이, 미간이 붙어 있다. 시력으로 따지면 맹수뿐 아니라 매나 독수리에게도 훨씬 못 미치지만 맹수보다 포악한 사냥꾼이란 뜻일까?

인간의 눈은 대상이 시야에서 20도 이상 벗어나면 고개를 돌려 움직이지 않는 한 물체를 명확히 볼 수 없게 되어 있다. 두 눈을 통해 들어오는 시각 정보를 하나로 융합하여 입체시를 완성하지만 보이는 대로가 아닌, 보고 싶은 것만 본다. 눈이 보는 게 아니라 뇌가 보는 셈인데 목이 협조하지 않으면 그조차 제대로 볼 수가 없다. 사람의 신체에서 목의 중요성은 머리통만큼이나 중요하다. 언젠가 나는 '남자는 머리 여자는 목'이라는 제목의 글을 쓴 적이 있는데 남존여비가 아니라 그 반대, 머리는 목이 돌리는 대로 돌아간다는 뜻이었다. 머리는 깨져도 살 수 있지만 목에 칼이 들어오면 그대로 끝이다.

오십 년 지기 경남이의 별명은 '직진경남이'다. 사냥감을 좇는 사냥개처럼 전후좌우 돌아보지 않고 냉철하게 판단을 하고 실행에 옮기는 그는 매사에 명쾌하고 추진력이 강하다. 앞뒤 옆을 돌아보느라 망설이고 주춤거리다 한세월을 다 보내 버린 나는 그런 친구가 몹시 부럽다. 사이드미러에 민감해 전진 속도가 느린 데다 백미러는 잘 보지도 않아서 느닷없이 추돌을 당해 낭패를 보기도 한다. 오파비니아처럼 뒤꼭지에도 눈 하나 장착해 두었더라면 하는 생각도 해 보지만 그래봤자 뒷담화하는 친구들 신경 쓰느라 심각한 결정장애자인 내가 더 터덕거렸을 것이다. 백미러는 사실 앞으로 나아가기 위해서 필요한 것인데 말이지.

좌고우면(左顧右眄)하느라 많은 것을 놓치고 산 인생이지만 이즈음엔 슬그머니 생각이 달라진다. 저밖에 사랑할 줄 모르는 인간에게 그래도 눈이 두 개인 이유는 좌고우면하라는 뜻 아닐까. 좌측을 돌아보고 우측도 곁눈질하며 먼 것 가까운 것 조절도 해야 치우침을 막고 균형을 잡아갈 수 있을 테니 말이다. 눈이 여럿이면 쓸데없는 정보가 많아 판단이 흐려져 정신이 맑기가 어려운 반면, 외눈박이는 독재자가 되거나 결국은 패하여 잡아먹히게 되니 두 눈으로 부지런히 좌고우면하며 살밖에.

진영 논리니 적폐 청산이니 시끌시끌한 이즈음, 이상하게 내 주변에 외눈박이들이 늘고 있다. 정확히는 광어처럼 좌측으로 치우쳐 있거나 도다리처럼 우측으로 몰려 있어 두눈박이이지만 한쪽만 보는 편향을 가진 부류들이다. 문제는 다들 몸통과 한통속으로 파묻힌 목 때문에 제가 외눈박이인 줄을 모르고 제 시력이 멀쩡하다고 믿고 산다는 것이다. 제 고개 삐딱한 거 모르고 내가 보는 세

상, 내 눈에 보이는 세상이 정상이라고 의심 없이 믿고 사는 지금,
여기, 나처럼 말이다.

두부 예찬

　두부는 순하다. 뼈다귀도 발톱도, 간도 쓸개도 없다. 단호한 육면 안에 방심한 뱃살을 눌러 앉히고 수더분한 매무시로 행인들을 호객한다. 시골 난장부터 대형 마트까지, 앉을 자리를 가리지 않지만 조심해서 받쳐 들지 않으면 금세 귀퉁이가 뭉개지고 으깨진다. 날렵하게 모서리를 세워 각 잡고 폼 잡아 봐야 언제 무너질지 모르는 위태로운 제국이 몸이라는 것을 스스로도 이미 알고 있는 눈치다.

　생살을 갈라도 소리하지 않고 날카로운 칼금에도 피 한 방울 흘리지 않는다. 슴슴하면 슴슴한 대로, 얼큰하면 얼큰한 대로, 주연이든 조연이든 탓하지 않고 부드럽게 어우러지는 그는 어둠의 집에서 막 출소한 젊은이에게 숫눈 같은 육신을 송두리째 보시하기도 한다. 괜찮다고, 지난 일은 잊으라고, 저 또한 진즉 열탕 지옥을 견디고 환골탈태로 새로 얻은 몸이라고.

　무미하고 덤덤한 두부가 세 살부터 여든까지, 부자나 가난한 자나 가리지 않는 음식이 된 것은 별스럽게 튀는 맛이 없어서일 것이다. 내세울 게 없기에 군림하는 대신 겸허하게 순응하고, 껍질이 벗겨지고 온몸이 으스러지는 가혹한 단근질을 견뎌냈기에 무른 듯 단단할 수 있을 것이다. 뭉개지고 튀겨지고 시뻘겋게 졸여져 물기 다 빠진 짜글이가 되어도, 캄캄한 목구멍 너머로 저항 없이 순교해 뼈다귀도 발톱도 간도 쓸개도 되어 주는, 두부는 성자다. 진즉 열반한 목숨을 베풀어 피가 되고 살이 되고 영혼이 되어 주는, 고단한 중생들의 솔(soul) 푸드다.

몸통

〣

반세기 넘게 삼시세끼 꼬박꼬박 챙겨 먹었는데 몸이 한없이 부풀지 않은 게 이상하다. 보고 듣고 숨 쉬고 읽으며 바깥 것들 부지런히 채워 넣었는데 머리에 든 것, 가슴에 남은 것 별로 없는 게 신기하다. 몸이란 시간이 통과하는 터널, 밥과 숨이, 노래와 바이러스가, 사소한 질투나 걱정거리 같은 것이 잠시 들렀다 돌아나가는 통로일 뿐인가?

'꼬데까'라는, 뾰족한 성기 가리개를 맨몸에 칼집처럼 채우고 다니는 파푸아 뉴기니의 어느 종족은 가족이 죽으면 아녀자들이 손가락 한 마디씩을 단칼로 잘라낸다고 한다. 뭉툭한 손가락을 여러 개씩 갖고 있는 여인들의 웃음이 뜻밖에도 너무 해맑아서 놀랐다. 돈도 물도 고이면 썩듯 슬픔도 오래 두면 영혼을 잠식할 터, 짧고 강렬한 아픔으로라도 그렇게 단호하게 잘라내 버리면 더 이상은 자라지 않는 것인가.

잘 썩은 똥 같은 글 한 무더기 내보내기 위해 변비 환자처럼 힘을 주어 보는 아침, 알겠다. 사랑이 왜 그리 서둘러 떠났는지. 기억들이 왜 빨리 달아나 버리는지. 피고 지는 수다와 웃음꽃들, 무시로 방류되는 눈물과 한숨, 그 모든 아웃풋들 덕분에 저물녘 굴뚝처럼 시름시름 삭아가는 내 몸뚱이도 폭발하거나 주저앉지 않고 한 그루 목숨으로 버텨내고 있음을.

왜 사냐고 묻거든

딸 둘을 낳아 기르는 동안 나는 늘 꿈을 꾸었다. 자유를, 고독을, 아무 간섭 없이 향유할 수 있는 혼자만의 시간을.

칠 남매의 다섯째로 태어나 오 남매의 장남에게 시집와서 사는 동안 사는 일이 늘 시끌벅적했다. 역할과 노릇에서 자유롭지 못해 하고 싶은 일보다는 해야 할 일들에 눌려 살았다. 일상의 여러 일들을 해치우는 일만도 버거웠으므로 나를 위한 시간을 확보하는 게 쉽지 않았다. 자투리 시간이 생겨나도 지쳐 있는 몸을 추스르기에 바빴다.

사는 게 뭔지, 왜 사는지도 모르고 내 삶이 아닌 남의 삶을 대신 살아주고 있다는 느낌이 늘 내 안에 있었던 것 같다. 내가 누구인지, 어디서 왔다 어디로 가는지 정체성에 대한 풀 수 없는 질문들에 늘 발목이 잡혀 있었음에도 남의 장단에 북 치고 장구 치며 일상의 파도에 허우적거리며 살았다. 어릴 적 겪어낸 오빠의 죽음 때문에 일찍부터 삶과 죽음, 신과 사랑, 존재와 무, 그런 근원적인 것들에 안테나가 닿아 있었지만 깊이 천착해보지 못했다. 부족한 열정과 게으름 때문이었겠지만 알 수 없는 무력감 속에서 시간을 헛되이 떠내려 보냈다.

둘째까지 결혼시키고 나서 나는 속으로 쾌재를 불렀다. 이제부턴 내 세상, 내 맘대로다. 숙제는 끝났고 남는 게 시간일 테니 미루어둔 나만의 삶을 살아야지. 오래 꿈꿔 왔던 노경(老境)의 한유(閑遊)를, 내 몫의 삶을 누려보고 가야지. 맘껏 읽고 맘껏 쓰고 모자란 공부도 보충하면서 존재와 본질에 대한 답을 내 방식대로 찾아보고 가야지, 라고. 그렇게 야무진 꿈을 꾸었다.

일상이란 놈이 인정머리 없는 안주인 같다는 말을 언젠가 써먹은 적이 있다. 그 말은 지금도 여전히 유효하다. 일생 그렇게 몰아세웠음에도 지금도 짬을 내주지 않는다. 집 가까이 둥지를 튼 두 딸 때문에 전보다 더 바빠져 버렸으니.

요즘 세상은 어떻게 된 건지 시집을 보내는 게 아니라 장가를 오는 거여서 딸을 출가시키면 남이 잘 키워 놓은 아들이 넝쿨째 굴러들어온다. 남의 헌칠한 아들로부터 장모님 대신 어머니 소리를 공으로 듣는 대신 늘어난 권속과 아이들까지, AS를 해주어야 한다. 직장 일에, 육아에, 살림에, 재테크까지, 확장된 역할들로 전사처럼 살아내는 딸들 뒤에는 젖은 손으로 간을 보고 손자들 치다꺼리에 허리가 휘는 친정엄마라는 이름의 우렁각시들이 숨어 살고 있는 것이다. 눈 딱 감고 모른 체하라고? 그러고 싶지만 그러기가 힘들다. 한 여자가 사회생활을 하려면 다른 한 여자의 희생이 반드시 필요한 사회구조 때문에 여간 독하게 맘먹지 않고선 쉬운 일이 아니다. 내 딸이 힘들어하니 어쩔 수가 없지 않나.

어렵게 글을 쓰고 책을 내는 동안 절로 알아 버린 비밀이 있다. 바깥으로 날아오르는 가장 좋은 방편은 안으로 숨어드는 일이라는 것. 제 몸에서 나온 실로 고치를 짓고 저를 가두는 누에처럼 안으로 깊이 침잠해 들어야 날아오를 동력을 얻게 된다는 사실 말이다. 안이 바깥을 낳는 기묘한 분만, 그것이 곧 글쓰기일 것이므로.

어둠을 털고 나비처럼 훨훨 날아오르기 위해서는 침잠할 시간이 필요했을 터이나 일상은 나를 가만두지 않았다. 과로와 스트레스로 휴직까지 한 딸애를 돌봐야 했고 무급에 비정규직이긴 하지만 손자 손녀와도 놀아주어야 했다. 어렵게 임신한 딸애가 입퇴원을 반복하다 출산할 때까지 병실 지킴이를 하며 수발도 들고 말벗도 되어 주어야 했다. 뱃속에서부터 할미를 인질 삼은 아기가 태어난 지 이제 겨우 두 주 지났지만 그 귀여운 도둑에게 얼마나 또 내시간을 침탈당할지는 알 수 없는 노릇이다. 딸로 마누라로 친정엄마로 할머니로, 가면들을 바꿔 쓰며 늙어가고 있지만 이런 분주다

망 속에서도 깨달아가는 게 있다. 그토록 오래 궁금해하던 질문, 성경에도 불경에도 철학서에도 나오지 않던 답을, 면벽을 하고 명상에 몰입해도 구해지지 않았던 삶의 이치와 존재의 이유를 어느 날 문득 네 살짜리 손녀, 그 교외별전으로부터 절로 터득해 버렸으니.

시몬 시뇨레라는 프랑스 여배우가 있었다. 사진작가들이 그의 얼굴을 찍으려 할 때마다 아름답고 지적인 그는 이런 부탁을 했다고 한다.

"여기 이 눈가장자리에 가늘게 나 있는 실금들 보이세요? 그걸 만드느라 몇십 년이 걸렸어요. 부디 그 주름살들이 잘 보이도록 가까이서 잘 찍어 주세요."

육십 년 넘게 끈질기게 궁금해했던 내 질문들에 나름의 답을 얻었으니 잘 늙은 여배우의 주름살만큼은 못하겠지만 나도 자랑질 좀 하려고 한다. '왜 사냐건 웃지요'라는 시구처럼 어정쩡 그냥 웃지만은 않고.

글줄이 막혀 서성이다 보면 하루 한나절이 금세 지나간다. 가슴속에 만권의 책이 들어 있어야 글이 되고 그림이 된다는 추사 선생 말씀대로 천 편을 읽어야 일률을 얻어낼 만큼 연비가 낮은 게 글쓰기이다 보니 적확한 표현이 떠오르지 않으면 뭐 마려운 강아지처럼 제자리를 서성이면서 시간만 축낼 때도 많다. 그날도 그랬다.

젊은 날 못 찾아 먹은 나를 찾아 먹겠다고 되지 않은 글 때문에 끙끙거리다가 네 살 손녀의 부름을 받고 컴퓨터를 끄고 후다닥 달려갔다. 마음은 분주했지만 안 그런 척, 숨바꼭질도 하고 공주놀이도 하고 〈겨울왕국〉 영화도 다시 보며 한나절 잘 놀아주었다. 손녀가 너무 행복해했다. 산머루 같은 눈빛이 내게 일러 주었다. 시간이 어디로 흘러가는지를. 나라는 대롱 속의 남은 시간들이 어떻게 새 대롱 속으로 흘러 들어가 그의 자양이 되어 주는지를.

남들은 진즉 아는 답이겠지만 지진아처럼 뒤늦게 터득한 답. 그 삶의 비의를 꺼내놓을 차례다. 아무리 내 안을 들여다보아도, 경전을 읽고 면벽을 해도, 존재의 의미는 찾아지지 않는다. 왜 사냐고? 누군가에게 필요해서, 써 먹히기 위해 산다. 세 살 손자에게, 늙은 어머니에게, 아직 태어나지도 않은 뱃속 아기에게, 전자레인지 하나 돌릴 줄 모르는 물경 사십 년 룸메이트에게, 누군가에게 내가 필요한 존재여서, 지금 여기 존재하는 것이다.

내 안에는 내가 없다. 존재의 의미도 정체성도 없다. 내 바깥에, 너와 나 사이에, 사람과 사람 사이에 있다. 천 사람에게 천의 얼굴로 살다가는 인생. 人이 아닌 間에, 사람과 사람 '사이'에, 관계가 답이다. 인드라망의 구슬들이 서로를 비추어 영롱하게 빛나듯 삶의 모든 의미는 관계에서 찾아진다.

이 평범한 진실을 알기 위해 이제껏 그리도 터덕거렸던 걸까.

어쨌거나 다행이다. 아직 여기저기 써 먹히고 부려 먹힐 수 있어서. 아직도 여기저기 불려갈 데가 많아서. 아무에게도 필요치 않고 아무짝에도 쓸모가 없다는 건 버려질 때가 가깝다는 뜻이다. 써 먹히지 않으면 삭제시키는 것, 그것이 이 행성의 불문율일 것이기에.

음덕(蔭德)

    사부작사부작, 겨울 강가를 걷는다. 귓불을 스치는 바람이 얼얼하다. 꽃인지 씨앗인지 날벌레인지, 갓털들을 홀홀 떠나보낸 억새들이 빈 몸으로 서서 칼바람을 맞는다. 쓰러졌다 일어났다 다시 또 쓰러졌다 기어이 서로를 부추기며 일어선다.

    찬바람에 뿌리가 얼어 버리면 발밑 풀싹들 샛노란 꿈마저 얼어 터질라, 그렇게 서서 바리케이드를 치고 지켜내지 않으면 바람 구두를 신고 허공을 떠도는 바랭이 방동사니 불한당 씨앗들에 대물림한 영토를 내주게 될지 몰라, 죽어서도 차마 죽지 못하는 억새들. 삶이란 기실 영역 싸움 아니더냐.

    봄이 다 이울어 햇것들이 제 키를 넘어설 즈음에야 미라가 된 억새들은 누렇게 풀썩, 드러누울 것이다. 드러누워 기꺼이 거름이 될 것이다. 그렇게 한 생을 다시 살 것이다. 겹겹이 영생을 누릴 것이다. 풀 한 포기도 그렇게 조상의 음덕으로 살아내느니 생각하니 콧잔등이 돌연 시큰해온다. 억새 이랑 갈피갈피 쓰다듬으며 표표히 떠나가는 바람 사이로 앙상하게 야윈 아버지가 보인다. 괜찮다고, 괜찮다고, 걱정하지 말라고, 모든 게 다 잘 지나가 줄 거라고.

함흥냉면 평양냉면

연애 시절엔 할 말이 참 많았다. 몇 시간씩 마주 보다 돌아서 와도 말들은 새순처럼 자꾸 돋았다. 다음날에도 또 다음 날에도 말들은 계속 새끼를 쳤다. 사랑을 하면 무슨 호르몬인가가 활성화되어 미분화된 말들을 부화시켜내는가. 한 번도 연습해 본 적 없는 낯간지러운 말들까지 뜬금없이 튕겨져 나오곤 했다. 숨은 말들이 만남을 충동질했다. 뜨겁게 엉겨 붙으려 안달하는 짝 말들을 결속시키기 위해 결혼이라는 모험을 하는 건지도 모른다.

한집에 살고부터 말들이 차츰 심드렁해졌다. 화사하고 컬러풀한 추상어들은 숨고 덤덤한 모노톤의 일상어들만 오갔다. 당도도 접착력도 떨어진 말들이 냉탕 온탕을 들락거리다 타시락타시락하는 날도 있었다. 허리를 굽힐 줄도 고개를 숙일 줄도 몰랐던 숙맥 부부는 몸속 가장 낮은 곳에 웅크린 미안하다는 말을 끄잡아 올리지 못해 툰드라의 냉기 속을 서성이기도 하였다. 과묵이 무뚝뚝의 다른 얼굴이었음을 실감하는 데도 오랜 시간이 필요치 않았다.

아이들이 태어나자 말들은 다시 화창해졌다. 말갛고 순한 유기농 말들이 첫물 딸기처럼 상큼하고 달았다. 새 가동라인에서 출시된 아웃풋답게 흡인력도 강했다. 바깥세상 원심력에 휘청거리는 가장을 일찍일찍 안으로 불러들이고 데면데면한 고부 사이를 진득하게 밀착시키기도 했다. 조촐하고 따뜻한 밥상머리에서 말들은 더 신명이 났다. 오색 빛 가루로 흩뿌려지며 쿵작쿵작 왈츠를 추기도 하고 경쾌한 리듬으로 핑퐁핑퐁, 아무 말 대잔치를 벌이기도 했다. 오거리 함흥냉면집 새큼달큼한 회냉면처럼 찰지고 쫄깃한 이야기들이 진진하게 이어지던, 돌아보니 그때가 호시절이었다.

사람과 사람을 이어붙이는 말. 말의 주성분은 탄수화물이다. 이무슨 터무니없고 얼토당토않은 헛소리냐고, 코웃음을 쳐도 물러앉지 않겠다. 두 딸과 두 손자를 키워낸 여자가 경험으로 체득한 '알쓸신잡'이니. 탈무드에 의하면 신은 아기가 태어나기 전, 자궁으로 천사를 보내 알아야 할 모든 지혜를 가르친다고 한다. 그리고는 출산 직전, 신성한 비밀을 모두 잊으라는 의미로 윗입술 가운데에 손가락을 얹고 쉿! 하며 단호하게 세로 골을 긋는데 그것이 인중(人中)이라는 것이다.

밥알 속 탄수화물이 천사의 손가락을 밀쳐낼 힘을 주는 것일까. 아니면 밥알이 말 알인 건가. 아이들이 말 구슬을 꿰기 시작하는 건 밥알을 삼키기 시작하면서부터다. 모유나 우유만 먹을 때에는 의미 없는 옹알이밖에 발성해내지 못한다. 이가 나고 밥알을 떠 넣어야 말에도 머리와 꼬리가 생기고 마디와 외골격이 갖추어진다. 원시 무기물이 유기체적 활력을 얻어 미세하게 움직거리듯 알에서 깨어난 말의 유충들이 젖은 날개를 펴고 궁싯궁싯 날아오르기 시작하는 것이다. 밥알의 진기(津氣)가 생각을 이어 붙이고 정보를 저장하게도 하는 것인지 제아무리 머리가 좋은 천재도 젖만 먹던 시절은 기억해내지 못한다. 기억의 화소(畵素)는 언어일 것이어서 언어로 치환되지 못한 시간은 복원되지도 번역되지도 못하는 것 같다. 일생 밥을 먹고 말을 주워섬기다가 돌아갈 날이 가까워지면 곡기부터 끊는다. 곡기가 끊어지면 입도 닫힌다.

　세상의 주인은 애초부터 말 아니었을까. 발도 날개도 없는 말이 인간의 몸 안에 똬리를 틀고, 숙주를 장악하고 이리저리 내몰면서 분열과 화합을 획책하는 것 아닐까. 연애도 정치도, 화해도 협상도, 알고 보면 말의 조화 속이다. 말이 통하면 '로켓맨'과 '늙다리 망령'도 친구가 되고 말이 막히면 한 침상에서 일어난 부부도 남남이나 진배없어진다. 세상이 갈수록 시끄러워지는 것도 온라인 오프라인을 종횡무진 오가며 힘겨루기와 판 가르기를 일삼는 말들의 불온한 지배욕 때문이다. 거칠고 탁하고 온기 없는 말들, 도

발적이고 전투적인 말들이 기 싸움 살바싸움으로 내 편 네 편을 가르며 평화를 잠식하고 불안을 유포한다. 은밀하게 서식하며 호시탐탐 바깥을 넘보는 숨은 말떼들을 조련하고 다스려내는 일이야말로 일생 말을 품고 말을 보내며 살아내는 인간들에게 부과된 중차대한 책무, 아니 소명 아닐까. 내장된 말들이 투명한 날벌레로다 날아올라야 방전된 배터리처럼 이윽고 고요해지는, 그것이 우리네 육신일지 모른다.

아이들이 다 자라 출가를 하고 다시 덩그러니 둘만 남았다. 말들도 딸들을 따라 나갔는지 둘만 남은 집이 적막하고 쓸쓸하다. 버터를 바를 줄도, MSG를 칠 줄도 모르고 본새 없이 늙어 버린 부부의 식탁도 밍밍하기 그지없다. 시계추처럼 뚝딱뚝딱, 무심하게 오가는 숟가락질이 민망해 애써 말을 지어 건네기도 한다. 찰기 없고 무미한 평양냉면처럼 말 가닥이 툭툭 끊어져 내린다. 한때 그리도 성하던 말들이 다 어디로 가 버렸을까. 전쟁이 평화를 위한 것이듯 말의 궁극도 침묵인 건가. 끊어진 면발 같은 진눈깨비가 창밖으로 성글게 빗금을 긋는 오후, 재잘거리는 초록빛 혀를 다 떨쳐낸 겨울나무들이 시린 바람 속에서 묵언 정진을 하고 있다.

의문의 일 패(一敗)

공항에서 만난 봉구 씨네는 천가방 하나만 달랑 들고 있었다. 아무래도 준비가 미흡해 보였다. 올레를 걸으려면 모자도 필요하고 목도리도 필요하고 세면도구와 화장품, 갈아입을 옷에 간식거리까지, 가지고 나설 게 좀 많은가. 각자 배낭을 따로 메고도 캐리어 하나를 가득 채워 온 우리는 봉구 씨네 작은 짐이 내심 맘에 걸렸다.

남편이 말단 샐러리맨이었을 때 봉구 씨는 잘 나가는 사장님이었다. 내가 천 기저귀를 빨고 삶을 때 그 댁네는 종이 기저귀를 박스로 사들였다. 새댁시절 이웃에 산 인연으로 평생 이웃 삼아 지내는 사이지만 세월 따라 형편도 많이 바뀌었다. 우리가 조금씩 아파트 평수를 늘려가는 동안 그 댁은 꽤 오래 어려움을 겪어냈다. 연이은 사업 실패에 어려운 투병까지, 힘든 고비를 무사히 넘기더니 조금씩 안정을 찾아가는 듯했다.

7코스를 반쯤 돌고 숙소에 들었다. 날씨는 맑았으나 바람이 차가웠다. 오늘 아침엔 기온이 더 내려갔다. 이걸 입을까 저걸 입을까 모자를 쓸까 털목도리를 할까. 아침 내내 수선을 떨다 결국 어제대로 입고 나왔다. 새로 산 벙거지를 써 보겠다는 남자에게 머리가 커서 안 어울린다고 지청구까지 했다. 봉구 씨 부부의 수수한 입성이 아른거려서였다.

봉구 씨네가 로비에서 기다리고 있었다. 부인의 차림이 환하고 밝았다. 어제 입었던 우중충한 패딩이 리버시블이었나? 아이보리색 보글보글한 털이 포근하고 고급스러워 보였다. 봉구 씨의 비니도 멋져 보였다.

산에 오르는 사람들의 배낭을 보며 궁금해하던 시절이 있었다. 뭘 저리 빵빵하게 채워 넣고 다닐까. 저들도 어제 궁금했을 것 같다. 뭘 가져왔기에 저리 짐이 많을까. 오늘은 더 갸우뚱할 것 같다. 뭘 가져왔기에 옷도 안 갈아입을까.

댓잎들이 스스스 찬바람에 흔들렸다. 쓰잘머리 없이 무겁기만 한 캐리어를 끌고 주차장으로 향하는 내 머리 위로 날기 위해 뼛속까지 비운 새들이 포르릉 포르릉 가볍게 솟구쳤다.

너를 보내며

　처음부터 나는 그대가 좋았어. 딱 내 취향이었거든. 화려하지도 눈부시지도 않지만 새침하고 고고하게 흔들림 없이 서 있는 폼이 우아하고 날렵해 보였어. 한눈에 반했냐고? 글쎄, 그랬을까? 한눈에 반하는 데 걸리는 시간이 8.2초라는 연구가 있던데 뭐 그렇게 오래 본 것 같진 않아. 눈이 맞은 건 사실이지만.

　예전엔 당연히 내가 먼저 그대를 점찍었다 싶었는데 아닐지도 모른다는 생각이 드네. 뉴턴이 그랬잖아. 질량을 가진 모든 물체 사이엔 끌어당기는 힘이 작용한다고. 어쩌면 나보다 그대가 먼저 나를 꼬드긴 듯도 해. 응축된 에너지로 강렬한 텔레파시를 내보내며 날 데려가 달라고, 기다리고 있었다고. 지나쳐가려는 나를 확, 다시 잡아챘잖아.

　지나쳐 간 눈빛이 되돌려지는 것, 인연이어서일 거야. 빛보다

빠른 게 교감이잖아. 그래도 몰래 계산기는 돌아가지. 짧은 시간, 내 자로 너를 재고 내 저울로 너를 달며 지그시 눈으로 어루만졌어. 그렇게 그대는 나를 따라왔고 그날부로 곧바로 내 것이 되었지. 내가 그대 것이 되었는지는 글쎄, 잘 모르겠네. 사랑이란 게 본시 이기적인 거니까.

누구 것이 된다는 건 그와 한 몸이 된다는 걸 거야. 둘이 하나가 될 때, 네 안에 날 끼워 넣을 때, 빈틈없이 꼭 들어맞는 느낌, 짜릿하고 쫄깃했지. 네 몸의 안쪽에 내 살의 바깥을 밀어 넣을 때도 이물감이 전혀 없었으니까. 합이 맞았던 게지. 그러니까 1+1=2가 아니라 더 완벽한 1이 되는 그런 기분이랄까. 완벽한 하나로 합체되어 함께라는 사실조차 잊어버리고 내가 너인 듯, 네가 나인 듯 그렇게 우린 하나였었지. 생색내지 않고 보일 듯 말듯 조용하게 나를 완성시켜 주던 너로 인해 내가 더 멋진 인간이 된 느낌으로 더 당당하고 자신만만해졌던 것 같아.

그렇게 좋았어도 헤어질 수밖에 없는 이유, 이유 같지 않은 이유라 해도 사랑이 식어서라고 할밖에 없네. 우리의 사랑이 기껏 허리 아래의 일이어서였을까? 누가 그러더라고. 뒷골목 여자들도 허리 아래만 허용하지, 입술은 함부로 안 내어준다고. 우리의 사랑도 기실 허울뿐, 애초부터 그렇듯 영혼 없는 거래였을까. 필요할 때마다 내가 너를, 단지 이용만 한 거였을까. 순정한 영혼과 영혼이 만나는 그런 사랑이 아니라 그저 몸의 바깥과 안을 끼워 맞추는 일에만 골몰하는, 그렇고 그런 사랑이었나.

몸과 몸끼리의 접촉만으로도 정분이 나긴 하는 것인지 헤어져야 한다고 생각하니 아쉽고 섭섭하고 미안하기까지 하네. 몸이 마음을 따르는 건지 몸이 앞장서고 맘이 따라붙는 건지 알 수는 없지만 육정이 들긴 든 모양이야. 하긴 십 년 세월이 어디야. 지난 몇 년은 내가 대놓고 한눈을 파는 바람에 널 거의 버리다시피 방치해 두긴 했지만 말이야.

변명 같지만 이 모든 게 내 탓만은 아닐 거야. 물론 그대 탓도 아니지. 모든 것을 배반하는 세월 탓이야. 세상의 모든 반짝이는 것들과 여릿여릿한 것들을 누추하고 남루하게 변모시켜 버리는 시간이라는 영물(靈物), 무소불위한 신의 술수일 뿐이야. 어쩔 수 없잖아. 만물이 다 흐름 위에 있는 것을. 소유가 얼마나 욕망을 시들게 하는지. 제아무리 눈부시고 빛나 보이는 것들도 한 몸이 되고 나면 이상하게도 그때까지 치달아 오르던 열정이 시나브로 식어 가기 마련인 것 같아. 얄궂지만 그게 욕망의 실체지.『광장』의 작가 최인훈이 그랬잖아. 삶이란 끝 간 데 모르는 욕정 탓에 늘 괴로운, 애 잘 낳는 여인의 아랫배 같은 거라고.

암튼 이제 너의 가늘고 긴 다리와 암팡진 엉덩이를, 꽉 조이는 아랫배를 더는 버팅길 자신이 없어졌어. 늙어 버렸거든. 인정하고 싶진 않지만 다시 한 번 너를 욕망하려 들다간 내가 먼저 절퍼덕 주저앉고 말 거야. 아쉽지만 이제 헤어져야 할 시간, 더 이상은 붙잡아둘 명분이 없네. 아무리 기를 써도 거스를 수 없는 시간의 명령, 잘생긴 놈보다 멋있는 놈보다 몸값 비싼 놈보다 편한 놈이 제일이라는, 그 명령을 몸이 먼저 받들게 되었으니까 말이야.

지구별의 문법

명절 선물로 들어온 곶감 상자를 보니 어릴 적 읽었던 「호랑이와 곶감」 이야기가 생각난다. 호랑이가 잡아간다 해도 울음을 안 그치던 아이가 곶감 얘기에 뚝 그치더라는. 으름장보다 회유가 효과적이라는 교훈은 「해님과 바람」도 비슷하지 싶다. 그런데 문득 세상에서 제일 무서운 것이 뭘까 하는, 곁가지에 더 호기심이 꽂힌다. 호랑이보다 더 무서운 게 뭘까. 귀신? 세월? 육체적 고통? 아니면 죽음?

궁금하기도 하고 재밌을 것도 같아 곧바로 검색에 들어갔다. 사람들이 무엇을 무서워하는지. 배고픔, 폭력, 전쟁, 갑질, 망각, 세 치 혀 등등, 별별 답들이 다 나왔지만 사람이 무섭다는 대답이 가장 많았다. 맞다. 나도 사람이 무섭다. 그중에 가장 무서운 사람은? 자식이다. 자식보다 더 무서운 것도 있다. 손자다.

서슬 퍼런 의원 나리, 장관, 검찰총장, 대통령까지, 자식 문제로
비난을 받고 사과를 하거나 옷을 벗는 일을 심심찮게 보아왔다. 제
아무리 부모가 잘났어도, 자식 이기는 부모는 없다. 아닌 말로 자
식을 겉을 낳지 속을 낳나. 자기 일에는 땅땅 큰소리치는 사람도
자식이 잘못하면 고개를 조아린다. 자식 앞에서는 호랑이도 고양
이가 된다. 손자 앞에서는? 자진해서 쥐가 된다.

"자식은 내 인생에 찾아든 가장 존귀한 손님, 융숭하게 대접해
내보내야 한다."

삼십 대 때 나이 지긋한 선배로부터 들은 이 말이 금과옥조처럼
마음에 남아 있다. 나름 최선의 선택을 해 가며 대접을 해 올렸겠
지만 아이들이 정작 고마워하는지는 모르겠다. 다들 제 잘나서 스
스로 컸다 싶을 테니.

고위험 산모 병실에 딸애가 입원해 있을 때 옆 침대 보호자로
따라온 사람은 친정엄마도 신랑도 아닌 칠십 초중반쯤의 친정아
버지였다. 무슨 사정이 있는지는 모르겠으나 아마도 첫 임신인 듯
한 환자는 제 몸이 힘들어서인지 있는 대로 짜증을 부리며 머리 허
연 아버지를 쩔쩔매게 하였다. 임부에다 중증 환자이기도 한 딸자
식을 위해 시종일관 벌을 서듯 시중을 드는 아비를 보며 자식이란
전생에 받지 못한 빚을 받으러 온 채권자가 아닐까 하는 생각을 했
다. 쫓겨 다니며 행상을 하고 온갖 비굴함과 홀대를 견디며 밥을

버는 세상의 아버지들, 과외비를 보태려고 양심까지 팔아가며 고군분투하는 가련한 이 땅의 가장들과, 일인 몇 역의 슈퍼우먼으로 동동거리며 살아내면서 찌질하고 까칠한 외곬 남편들과 수백 번 이혼하고 싶은 걸 참아내는 엄마라는 이름의 세상 여자들에게 인내의 이유도 삶의 동력도 자식일 것이다. 세상의 모든 자식들은 부모의 시간을 파먹으며 자란다. 부모가 되는 순간 '나'의 무게 중심이 내가 아닌 자식에게로 이동되어 나를 위해 쓰고 싶은 시간과 에너지가 기꺼이, 또는 어쩔 수 없이 자식에게로 공여되어 버린다.

다용도실에서 싹이 튼 고구마를 접시 위에 올려두고 기르다가 울컥 한 적이 있다. 매끈한 고구마에 싹 줄기가 돋더니 거칠거칠하게 수염을 뻗고 푸르뎅뎅하게 살갗도 변해 더 이상 고구마라 할 수 없는 덩이뿌리가 되어 버리는 거였다. 부모가 된다는 것은 자신만의 정체성을 포기하고 제게서 돋아난 싹 줄기들을 위해 뿌리를 내고 물을 길어 올리는 일이다. 푸르게 솟는 새싹들 아래 기꺼이 쓰러져 거름이 되는 강가의 저 억새풀처럼. 새끼들에게 속을 다 파먹히고 알맹이 없는 껍데기가 되어서도 가볍게 둥둥 떠내려가는 개울가의 저 우렁이처럼.

종아리 근육이 말라붙어 걸음이 휘청거릴 정도로 임신 내내 침대 붙박이로 견뎌낸 딸이 내일이면 조리원에서 퇴소를 한다. 임용

시험까지 포기해가며 상면도 못한 생명을 위해 젖 먹던 힘을 다하더니 사춘기 이후 내게는 한 번도 보여준 적이 없는 젖가슴을 선선히 풀어헤치고 제 아이를 위해 빈약한 젖을 물린다. '처녀 적엔 금젖, 결혼하면 은젖, 아기 나면 개젖'이라고 하던, 소싯적 동네 아주머니들이 생각나 나는 또 마음이 짠하다. 출산에 지친 몸을 추스르지도 못한 채 제 인생의 진객을 접대하려 저리 애쓰며 허둥대야 하다니. 열매인 줄 알았던 아이가 땅에 떨어져 씨앗이 되고, 저 또한 싹을 내는 노고를 지켜보며 창고 어디엔가 뒹굴고 있을 러시아 민속 인형 마트료시카를 소환한다.

백 살 노모는 딸아이 수발에 내가 지쳐 쓰러질까 걱정하고, 나는 딸애를, 딸은 또 제 아기를 걱정하는 이 걱정의 대물림, 큰 인형 속에 작은 인형, 작은 인형 속에 더 작은 인형을 싸안고 있는 마트료시카처럼, 껍데기 속 알맹이가 껍데기가 되어 알맹이를 품고 그 알맹이가 다시 껍데기가 되는 몸 바뀜의 섭리로 이어져가는, 그것이 푸르게 빛나는 이 지구별의 숭고하고 비밀스러운 문법 아닐까. 껍질 벗는 시간 속에서 껍질을 벗으며 생명의 고갱이를 세세토록 존속시켜 가는.

사이에 대하여

인간이라는 말.

인간은 그러니까 인+간이다. 사람 인(人) 자체도 사람과 사람이 기대고 받쳐주는 모양새지만 그 또한 완전히 공평하진 않다. 하나는 괴고 하나는 일어선다. 누군가 밑에서 떠받치지 않으면 비스듬하게라도 서 있을 수 없는, 불완전한 존재가 인간이란 말이다. 거기에 또, 사이 간(間)이 하나 더 붙어야 비로소 사람을 의미하는 독립적인 단어로 유의미하게 작동한다. 사람의 사람다움은 사람과 사람 '사이'에서, 관계와 소통 같은 상호작용을 통해 스미고 물들이며 완성되어 간다는 뜻이다. 사람이 인(人)이 아니고 인간(人間)인 이유다.

활자를 아무리 정연하게 배치해두어도 사유(思惟)가 일어나는 곳은 행간(行間)이듯이 사건과 사연, 역사와 이야기가 생겨나는 것도 '사이'다. 마음도 마찬가지. 영혼이나 정신이 뇌세포에 저장되어 있는 것도, 좌심실 우심방에 스며 있는 것도 아니다. '수백억 개의 신경세포 간에 주고받는 전기적 신호가 촉발하는 생화학적 유기적 반응.' 그것이 마음이고 감정이라는 거다. 하니 개별자의 인격이나 정체성이라는 것도 서로 다른 존재와의 맞물림 속에서, 타자와 타자 사이의 조응관계 속에서 누적되고 표출되는 현상들의 교집합 같은 것 아닐까.

존재의 세 기본재 뒤에 하나같이 간(間)이 따라붙는 것도 우연이 아니다. 시간(時間) 공간(空間) 그리고 인간(人間)……. 천체물리학자도 철학자도 아니었을 옛사람들이 어떻게 이 세계가 거대한 매트릭스임을, 모든 게 다 '사이'의 일임을 헤아리고 통찰할 수 있었을까. 인터넷의 웹도 화엄경의 인드라망도 그러니까 다 '사이'의 일이다. 낱말 하나 꿰맞추는 데에도 눈 너머 눈으로 성찰할 줄 알았던 선인들을 생각하면 기술의 진보와 지혜 사이에 어떤 함수관계가 성립할 수 있을지 고개가 갸웃거려지기도 한다. 외롭게 홀로 떠 있는 것 같아도 물밑으로는 가만히 어깨를 걸고 있는 섬들처럼, 모두 그렇게 연결되어 있다는 생각에 목젖이 뜨거워지기도 한다.

소극적으로 살기

건강 프로그램이 홍수를 이룬다. 죽을 고비를 어떻게 넘겼다느니 무얼 먹고 효험을 봤느니. 간증 비슷한 말도 빠지지 않는다. 노니, 침향, 로열젤리, 연자육, 크릴새우……

저런 '듣보잡'들을 어떻게 구해 먹지? 먹어야 할 게 태산이네. 다들 건강을 위해 투자를 하는데 나만 대책 없이 낡아가는 것 아닌가? 급 소침해져 채널을 돌리면 어디선가 영락없이 그 물건을 판다. 상업주의와 결탁한 출연진들의 호들갑에 알면서도 가끔 카드를 긋는다.

문제는 그렇게 판매되는 상품 대부분이 효과를 입증하지 못한다는 데 있다. 건강 '보조'식품이라는 미명 아래 '개인차가 있음'의 단서를 달고 있어 설령 효과가 없다고 해도 항의하기가 어렵게 되어 있다. 내가 그런 불평을 하자 의사 친구가 충고를 한다. 좋은 것 찾아 먹으려 애쓰지 말고 나쁜 것 안 먹는 습관부터 가지라고.

맞는 말이다. 작년에 돌아가신 아버지는 103세를 사셨다. 친정 엄마도 내년이면 100세가 된다. 두 분 다 보약 같은 걸 챙겨 드신 적도, 몸에 좋은 운동을 따로 하시지도 못했다. 대신 밀가루나 기름진 음식, 인스턴트 같은 것은 일생 거의 드시지 않았다. 삼시세 끼 소박한 토종음식들을, 그것도 아주 조금씩만 드셨다. 세상 욕심 안 부리고 순하게 사신 것이 비결이라면 비결일 것이다.

스님과의 차담 중에 비슷한 이야기를 들은 적이 있다. "불교의 핵심은 잘못된 행동을 버리는 것입니다. 크든 작든 잘못을 범하지 않는 것, 이것이 부처님의 가르침입니다."라는 말이었다. 공덕을 쌓고 깨달음을 얻어 성불을 하려는 목적보다는 나쁜 일을 삼가 마음을 깨끗이 하는 게 먼저라는 것이다. 좋은 일을 하는 건 훌륭하지만 나쁜 일만 안 해도 중간은 간다.

접시를 닦거나 청소를 하다가 괜히 혼자서 화를 낼 때가 있다. 집안일이라는 게 하면 티가 안 나고 안 하면 티가 난다. 해도 해도 끝이 없는 데다 몸을 움직이는 노동이다 보니 체력이 달리거나 컨디션이 안 좋으면 애꿎은 접시에다라도 화풀이를 하게 된다. 공들여 음식을 만들어 먹이고도 설거지 안 도와주는 식구가 미워 짜증난 티를 내는 바람에 칭찬은커녕 지청구를 듣거나 부부싸움으로 번진 적도 있다. 마룻바닥과 접시를 깨끗이 하는 일보다 흐린 내 마음을 닦는 게 먼저인데 말이지.

　너무 열심히 살려다 번 아웃 되어 버린 남자, 예뻐지려고 온갖 시술을 하다 AI처럼 바뀌어 버린 여자, 앞장선다고 잘 가는 것은 아닌 것 같다. 매사 마지못해 꾸역꾸역 살아내는 귀차니스트의 변(辯) 같지만.

　공간을 말살하는 속도에 대한 소극적 저항으로 은둔형 외톨이처럼 아날로그로 살고자 했던 내가 페이스북 같은 디지털 바퀴에 뒤늦게 편승해 버린 것, 엉겁결에 호랑이 잔등에 올라타 내리지도 멈추지도 못하는 소도둑 신세가 된 것 아닐까 덜컹.

재배(再拜)의 이유

졸업반이 되자 세상의 모든 직장인들이 다 위대해 보였다. 이미 견고하게 짜여 버린 틀 안에 내가 비집고 들어설 틈은 없어 보였다. 큰 톱니, 작은 톱니, 볼트와 너트로 맞물려 일사불란하게 바퀴를 굴리고 있는 사람들이 부러웠다.

산달이 가까워지자 아이 난 여자들이 다 위대해 보였다. 어떤 녀석이 나올까. 얼마나 아플까. 손가락 발가락은 다 정상일까…….기쁨과 설렘보다 불안과 걱정이 앞섰다. 생명을 출산하는 위대한 과업을 손바닥 뒤집듯 몇 번씩 해내고도 호들갑을 떨지도, 공치사를 하지도 않는 평범한 아낙들이 대단해 보였다.

운전면허시험을 앞두고는 운전석에 앉아 있는 사람들이 정말로 부러웠다. 필기시험은 한 개밖에 안 틀리고도 몸치에 기계치에 겁까지 많아 실기(實技)를 다섯 번이나 실기(失機)하고 말았다. 일생 처음 낙방의 쓴잔을 연거푸 몇 번이나 마시게 된 나는 누가 슬쩍 면허증만 쥐어주면 악마와도 뒷거래를 할 것 같았다.

이렁저렁 한세상을 살아내다 보니 세상의 하찮은 목숨붙이들, 생명 있는 것들이 다 위대해 보인다. 밤새 불던 바람에 뿌리 뽑히지 않고 가만가만 흔들거리던 바람꽃도, 천만 배나 더 큰 인간을 향해 사이렌까지 울리며 도전해 오는 모기도, 태어나 죽을 때까지 제 밥 제 찾아 먹다 가는 거미며 버러지며 붕어새끼 한 마리까지, 세상에 눈물겹고 위대하지 않은 게 없다.

그러나 무엇보다 가장 위대한 건 수천의 작은 걸음으로는 건너뛸 수 없는 큰 한 걸음으로 저 너머까지 단숨에 건너가신 분들이다. 하얀 국화 송이에 에워싸여 지그시 미소 짓고 계신 분들, 어떤 위인도 억만장자도 살아서는 결코 당도할 수 없는 그곳에 세상 부역 마치고 무사히 안착한 그분들이야말로 마땅히 예를 갖추어 옷깃을 여미어도 억울할 것 없는 인생 선배들이다. 살아생전 얼굴 한 번 못 봤어도, 나보다 15년쯤 더 젊어도, 한 번도 아니고 두 번이나 영정 앞에 내가 절하는 이유다. 힘든 세상 살아내느라 애 많이 쓰셨다고, 부디 짐 벗고 편히 쉬시라고.

욕망의 순서

유준이가 뒤집기를 시작했다. 생후 4개월 어린것도 제 고집이 있는지 한사코 왼쪽으로만 뒤집으려 한다. 끙끙거리다 성공하니 제 성취에 양양해져 낯빛이 금세 해사해진다. 풍뎅이처럼 아등바등, 땅 짚고 헤엄치기를 연습하다가 두 손 두 발 치켜들고 이륙 연습도 한다. 가르치지 않아도 때가 되면 알아서 순서를 밟는 것, 생각할수록 신통방통이다.

저만치 놓여 있는 삑삑이 장난감에 닿지 못한 아기가 성질을 못 이겨 울음을 터뜨린다. 흔들거리는 모빌이나 바라보던 아이 안에 닿고 싶고 만지고 싶고 손안에 넣고 싶은, 욕망이란 게 생기기 시작한 거다. 프로이트의 심리발달 단계로 보면 아이는 지금 구강기에 있다. 주먹을 빨고 공갈 젖꼭지를 빨고 입에 닿는 모든 걸 빨고 싶어 한다. 욕구와 표현이 입에 집중되어 배고프면 울고 편안하면

벙실댄다. 기분이 좋으면 옹알이도 한다. 손 내밀어 장난감을 집어 들진 못해도 소리 나는 장난감을 흔들어주면 눈망울에 반짝, 환한 불이 켜진다.

본능이라는 이름으로 깨우쳐 가는 발달 과정을 목도할 때마다 아이의 몸 안에 작은 신이 살고 있는 게 아닐까 하는 생각이 든다. 아니면 혹, 작은 신의 이름이 본능이려나. 아기를 안아 올려 삑삑이를 쥐어준다. 냉큼 입술을 들이대더니 말간 혀를 내밀어 조심스럽게 감식한다. 빨다가 잠시 눈으로 확인하고 다시 입으로 데려가 빤다. 아이는 정확히 알고 있는 것 같다. 눈으로 바라보고 손으로 감촉하고 입술로 확인한 다음에야 욕망하는 대상을 몸 안으로 들일 수 있다는 사실을.

아이들이 장난감이나 과자 따위를 소유하는 과정은 연인들의 사랑법과 비슷한 데가 있다. 첫눈에 반하진 않을지라도, 사랑은 일단 눈에서 시작된다. 눈이 먼저 클릭을 해야 마음이 쏠려 호기심이 생겨난다. 호기심이 궁금증으로 증폭되면서 가까이, 더 가까이, 다가가고 싶은 욕망이 손으로 가만히 내밀어질 것이다. 무르익은 욕망이 입술로 혀로 옮겨지는 동안 머릿속에선 빠르게 손익계산도 할 터이다. '순간에서 영원으로' 직행시키는 이 궁극의 미각을 이 사람과 오래 공유해도 좋을까. 내 안으로 뜨겁게 모셔 들여도 괜찮을까.

생명체가 육신이라는 하드웨어를 뒤집어쓴 DNA 데이터베이스의 플랫폼이라면 유전자를 운반하고 전송하라는 운용체제의 명령어들을 자동실행 시키는 프로세서가 욕망, 특히 성(性)적 욕망일 것이다. 하니 1+1=1이라는 궁극의 셈법으로 출시된 신제품이 욕망에서 소유까지의 절차와 과정, 소프트웨어 전면의 데모 버전을 미리 한번 플레이해 보는 것, 어찌 보면 당연한 수순 같기도 하다. 개발이 완료되기 전에 시연해보는 맛보기 프로그램이 데모 버전일 테니.

태어나 몇 달 안에 답습해 버린 과정을 실전에서 되풀이하며 아이는 당차게 세상을 밀고 나갈 것이다. 세상을 내 안으로, 나를 세상 속으로, 온갖 매혹적인 것들을 욕망하고 소유하며 사람 사이를 분주히 누빌 것이다. 꿈꾸고 욕망하는 모든 것들이 안개와 이슬, 무지개나 그림자일 뿐일지라도. 그런데 혹, 어쩌면 이승의 삶 자체가 또 다른 생의 데모 버전 아닐까. 장자의 나비처럼 우리 모두 꿈속에서 꿈을 꾸고 있는 것은 아닐까.

그럴 나이

　산야초 발효액이 가득 든 유리단지가 산산조각으로 박살 나 깨어졌다. 싱크대며 카펫에 붉은 액체가 튀고 거실 벽까지 파편이 날아갔다. 지리산 깊은 골에서 캐 온 약초를 정성스레 발효시켜 보내준 시골 조카의 정성을 개봉도 못 하고 깨뜨려 버린 것이다. 외마디 소리가 끝나기도 전에 다리가 풀려 주저앉았다. 내가 정말, 요즘 왜 이러나.

　그렇지 않아도 어제 일 때문에 아침 내내 우울하던 터였다. 새로 생긴 마트에 장을 보러 갔다가 주차장 턱에 걸려 절퍼덕 넘어졌다. 핸드폰은 저만치 동댕이쳐지고 무르팍은 깨져 핏물이 비쳤다. 오가는 사람들이 흘끔거렸다. 정강이에도 피멍이 올라왔지만 아파서보다 창피해서 슬펐다. 절뚝절뚝 장을 보고 서둘러 차를 끌고 나오다 그예 또 접촉사고를 내고 말았다. 비상등을 깜박 잊고 후진을 한 내 잘못도 있지만 급하게 차선을 바꾼 상대방 잘못이 더 클 것이다. 이럴 땐 일단 쳇소리와 삿대질로 기선을 제압해야 한다는 듯이 다짜고짜로 도끼눈을 뜨고 시퍼렇게 달려드는 젊은 여자 앞에서 쩔쩔매며 버벅거리다 수리 비용을 옴팡 뒤집어쓰고 말았다. 화가 나고 속이 상했다. 바꾼 지 한 달도 안 된 내 차의 벗겨진 살 갗이 내 살이 까인 양 쓰라리기도 했다. 왜 나는 야물지도 당차지도 못하고 매사 허점투성이인가. 왜 말로도 힘으로도 이기지 못하고 칠렐레팔렐레 손해만 보고 살까.

사방팔방 튕겨 나간 유리 파편과 찐득찐득 엉겨 붙은 즙액 자국을 어디서부터 어떻게 치워야 할지 막막하고 한심했다. 마감을 넘긴 원고나 마무리하고 점심 약속에 맞춰 나가려 했는데. 생각해 보니 지난주에도 사기 찬통을 떨어뜨려 박살 낸 적이 있다. 왜 자꾸 일을 저지르는가. 나이 들어 주의력이 없어진 건가. 손목에 힘이 없어서인가. 아니면 내가 원래 그런 사람이었나.

유리를 줍고 걸레질을 하고 오염된 카펫을 수습하느라 한나절 내내 진땀을 흘렸다. 가까스로 시간에 맞추어 나간 나를 친구가 나지막이 다독거렸다. 그래도 몸은 안 다쳤잖아…… 그 역시 경락 마사지를 받았다가 갈비뼈에 금이 가 CT를 찍고 오는 길이라 했다. 얼마 전에는 식탁 의자에 걸려 발가락이 부러지는 바람에 서너 달 가까이 깁스를 했다 한다. 동창 모임에 빠졌던 은정이도 항암

후유증으로 고생하고 있다며 씁쓸한 표정으로 오금을 박듯 말했다. 우리가 이제…… 그럴 나이야.

그럴 나이라……. 면역이 약해져 자주 감기에 걸리고 순발력 집중력 기억력이 없어지고 안 하던 실수도 자주 하게 되는, 그런 증상이나 징후들이 진즉부터 빈발하고 있었음에도 총체적 증후군으로 받아들이지 않고 우연한 사고나 우발적 해프닝일 거라고 대수롭지 않게 넘겨 온 것 같다. 염색과 임플란트, 다초점 렌즈로 감춘 나이에 남보다 먼저 자신이 속아 아직은 멀쩡한 척, 애써 안 늙은 척 주눅들지 않고 당당해 했을지 모른다. 쭈뼛거리고 주춤거리다 아쉽게 놓쳐 버린 세월이 허무해 인생은 저지르는 자의 몫이더라고 뒤늦게 젊은 친구들을 독려하기도 했는데. 저지르는 일마다 사고요 실수니 남은 생의 목표를 '무사안일(無事安逸)'로 수정해야 하는 게 아닐지 모르겠다. "아무리 좋은 일도 아무 일도 없는 것만 못하다."라고 했던 게 운문선사였던가.

평소에는 생각 없이 지내다가도 무슨 일을 당하고 나면 방금 전까지의 무탈함이 얼마나 복된 평화였던가를 절절하게 톺아보게 된다. 돌이켜 생각하면 이 나이까지 무사한 것도 기쁘고 행복한 별일들이 아닌, 기억조차 나지 않는 별일 없는 날들 덕분이었다. 일상의 갈피갈피에 숨은 지뢰와 복병들이 용케 요리조리 비켜나 주어서, 궤도에서 아주 이탈해 버릴 만큼 운수가 아주 사납지만은 않아서, 요행과 천운으로 살아낸 것 같다. 운명도 움직이는 과녁은 맞추지 못할 거라는 듯이 지치지 않는 열정으로 왕성하게 노익장을 과시하는 어르신들이 멋져 보이지 않는 것은 아니지만 운명은 어쩌면 노련한 사냥꾼처럼 부지런히 움직거리고 뛰어다니는 대상에 더더욱 매혹을 느껴 물어뜯으려 할지 모른다. 무엇을 잘하려고 기를 쓰지도, 젊어 보이려 애쓰지도 않고 미운털 들키지 않게 납작 엎드려 살금살금 늙어갈 수 있으면 좋겠다. 나이를 빙자해 위세를 부리거나 엄살을 떨지 않고, 나잇살만큼은 나잇값을 하며 익은 냄새도 가끔 풍길 수 있으면 좋겠다. 크게 욕먹지 않고 폐 끼치지 않고 지루하고 평탄하게 대과(大過) 없이 연착륙할 수만 있어도 복받은 인생이란 생각이 든다.

창밖에 봄꽃이 흐드러지고 산책길 언저리마다 초록이 성큼 걸어 나와 있다. 새소리도 한결 맑고 높다. 꽃들이 순서를 잊지 않고 피는 일, 새들이 제 목소리로 울어 주는 일, 많이 아프지도 고프지도 않고 그런 것들을 공으로 누릴 수 있는 일까지, 생각하면 세상에 기적 아닌 게 없다. 스키장에서 넘어져 일생 휠체어를 타는 이웃도 있고, 튀김 기름이 동자(瞳子)에 튀어 실명할 뻔한 선배도 있는데 깨진 유리 파편이 눈자위에 튕겨 들지도, 발바닥을 해코지하지도 않았으니 이 또한 기적 같은 다행 아닌가. 사전적 개념적 추상어들을 구체적 감각적으로 체득시키는 시간이라는 이름의 과외

선생이 오늘도 시큰둥하게 오답 노트를 내민다. 죽은 자가 일어나고 홍해 바다가 갈라지는 게 기적이 아니라 별 탈 없이 지나가는 매일 매 순간이 기적이라고, 다행(多幸)이란 불행의 최소치가 아니라 행운의 최대치라는 사실을 일생 복습해도 모르겠냐고.

당연한 일들에 경배하고 무사한 날들에 안도하며 더러는 수굿하게 비켜 앉아서 앉은자리를 돌아봐도 괜찮을 나이, 그래 이젠 그래도 될, 그래야 할 나이다. 중력 앞에 겸허해진 익은 열매처럼 은밀하게 낙법(落法)을 익혀 갈 나이다.

지구가 도는 이유

꽃 진 양란을 뽑아낸 화분에 안시리움과 테이블야자, 산호수가 무성하다. 잎줄기가 시원스러운 스파트필름도 며칠 사이 흰 꽃대를 늘씬하게 올렸다. 하는 일 없이 바빠 손이 가지 않은 데다 화분이 아까워 그냥 두었던 것인데 주인공에 밀려 빛을 못 보던 조연급들이 경쟁이라도 하듯 훌쩍 커 버린 것이다. 생명체는 다 기회주의자라고, 주연은 사라져도 무대는 영원하다고, 제 안의 빛깔들을 끌어올리며 무언으로 우렁우렁 항변하고 있다.

흩어져 사는 자매들이 일박이일 여행을 하기로 했다. 친정집에 모여 외곽 쪽으로 빠져나가는데 천변 주변에 키 큰 아파트들이 숲을 이루고 있다. 여기가 어디야? 놀라 묻는 내게 동생이 말했다. 여기가 요즘 제일 핫한 동네야. 서울은 강남북으로 나뉘지만 여긴 저

삼천천을 중심으로 강서 강동이 나뉘거든.

기억 속의 삼천동은 시내에서 한참이나 떨어진 변두리 동네였다. 이 동네 과수원집 딸이었던 친구가 비만 오면 운동화뿐 아니라 양말까지 온통 진창에 빠져 학교에 오곤 했던. 우공(愚公)이 산을 옮긴다더니 도시도 폴짝 옮겨 앉는 것인가? 다닥다닥한 구도심보다 보상비가 적게 드는 변두리 지역에 대단위 아파트를 짓는 추세여서 도심은 후줄근하게 퇴락하는 반면 혁신도시니 신도시라는 이름을 단 변두리 지역들은 깨끗하고 휘황하고 비까번쩍하다. 때빼고 광내고 훌쩍 키가 커져 버린 도시가 몇 십 년 만에 만난 첫사랑처럼 낯설고 어색해 왠지 왈칵 정이 가지는 않았다.

어린 날 아버지는 작은 공장을 운영하셨는데 직공들 대부분이 형편이 어려워 초등학교나 겨우 졸업하고 온, 시골 출신 더벅머리 소년들이었다. 배움은 없어도 바지런하고 머리가 잘 돌아가던 누구, 배를 오래 곯아 자장면을 한 끼에 일곱 그릇이나 먹어 치우던 아무개, 집안일 하는 처녀를 짝사랑해 껌 한 통 사 들고 아궁이 옆을 기웃거리던 누구누구까지……. 진즉 성공한 사장님이 되어 떵떵거리며 살고 있다. 그들은 점점 번성하고 우리 집은 점점 쪼그라들어 경매에 넘겨진 우리 집을 낙찰받아 지금까지 살고 있는 외사촌 오빠도 있다. "빙글빙글 도는 의자 회전의자에 임자가 따로 있나 앉으면 주인이지……." 그 시절 그네들이 즐겨 부르던 유행가

가사처럼 제각기 그렇게 임자 없는 회전의자 하나씩을 가슴에 품고 거친 세상을 질주해 온 덕분일 것이다.

양란이 뽑힌 화분에 안시리움과 스파트필름이 피어나듯이 시간이 흐르면 조연이 주연이 되고 주변이 복판으로 바뀌기도 한다. 꽃이 지는 게 허망하다 하지만 벚꽃이 져야 장미가 피는 것, 세상에 영원한 것도, 변하지 않는 것도 없다는 게 생각하면 얼마나 다행한 일인가. 후미진 곳에서 빛을 보지 못하고 풀 죽어 있는 것들을 위하여, 이미 짜여 버린 세상 틈새기에 어떻게든 끼어들어 보려고 호시탐탐 빈틈을 엿보는 변두리의 모든 엑스트라들을 위하여, 신은 오늘도 빛과 어둠을 골고루 나누고 음지와 양지를 섞바꿔 가며 지축을 돌리고 계시는지도 모른다. 돌고 도는 세상에서 여한 없이 재주를 꽃피워 보라고. 왕후장상이 따로 없으니 힘내어 한세상 잘 살아보라고.

한 번쯤은 죽음을

-삭제할까요?

손전화가 묻는다. 예, 아니면 아니오를 누르란다. 손가락을 미처 떼기도 전에 존재의 기록이 흔적 없이 지워진다. 삭제된 것들은 다, 어디로 휘발해 버리는가.

염라대왕이던가? 사람 목숨을 관장하는 신도 누군가의 멱살을 쥐고 더 큰 신에게 그렇게 물을지 모르겠다.

-삭제할까요?

며칠 전 또 한 사람이 갔다. 어떤 서사도, 업적도, 다정한 목소리도, 따스한 온기도, 무참하게 말살되어 버렸다. 삭제된 것들이 더 좋은 곳에 옮겨져 있을 거라는 믿음이 불행하게도 나에겐 없다. 신을 인정하면서도 천국에 소망을 두지 못하는 이유다.

"죽음이 별 게 아니더만. 있던 사람이 없어지는 게 죽음이 여……."

창졸간에 형부를 잃고 마음 놓고 울어보지도 못한 언니가 내린, 죽음에 대한 단순명료한 정의다. 조금 전까지 곁에 있던 것들이 없어지는 일, 눈앞의 일들이 거짓말처럼 사라져 버리는 순간을 다반사로 목도하며 살아내면서도 사람 목숨에 대해서만은 순순히 수긍이 되지 않는다. 봄날의 수선화, 여름날의 무지개, 코끝을 스쳐간 레몬 향기, 어제 내린 눈, 유리알 같던 아이의 옹알이, 내 안 어디에 똬리를 틀고 있던 너라는 물질……. 그것들이 분명 실재했을까. 분명 내 곁에 있던 것들이 왜 어디로 사라졌을까.

세상이란 어쩌면 스러지고 사라지는 것들로 채워져 있는 것 같다. 마스크나 종이컵, 일회용 물티슈만 소모품이 아니다. 모든 게 다 소모품이다. 닳아지고 삭아지고 스러지고 사라지는 것들의 세상, 별도 오래되면 죽는다지 않나. 죽음은 모든 산 것들의 이마에 화인으로 박혀 있거나 삶 속에 혼융되어 우리 곁에 있다. 산 것들은 죽는다. 죽음만 안 죽는다. 세상의 주인은 살아 있는 것들이 아니다. 죽음이 주인이다.

텔로미어가 활성화되어 끊임없이 세포분열이 가능한 암세포는 이론적으로 볼 때 영원한 삶이 가능하다. 스스로 불멸이면서 타자를 궤멸시키는 암세포의 폭력성, 죽음도 그렇다. 모든 산 것들 속에서 죽음만이 죽지 않고 세세토록 군림한다. 삶은 유한하고 죽음만이 영원하다. 그런 세상에서 내가 진정 실재하고 있다 할 수 있을까. 세상도, 나도, 이 모든 것들이 뇌가 지어낸 환(幻)일 뿐 아닐까. 아니면 혹 이 세상이 신이라 불리는 우주 밖 어떤 지적 설계자가 내쏘는 간섭무늬 같은 홀로그램 아닐까. 장자의 나비 같은, 꿈속의 꿈같은.

시드는 것, 사위는 것, 죽어가는 것들에 에워싸여 살고 있으면서도 그 또한 미구에 닥칠 자신의 운명이라는 사실에 다들 고개를 돌리고들 산다. 우울하고 스산하고 내키지는 않지만 한 번쯤은 죽음을 직시해 봐야 하지 않을까? 두려움의 원류가 무지(無知)이기도 하고 좋으나 싫으나 빠르거나 늦거나 우리 모두 기어이 그 종착점에 당도하고야 말 테니.

죽음이란 어쩌면 어떤 존재도 되돌아 나올 수 없는 거대한 흡반(吸盤), 생명의 빛을 거두어들이는 블랙홀 같은 것일지도 모르겠다. 존재 자체가 무화되어 버리는 일에 의지와 상관없이 떠밀리고 있다는 두려움. 어쩌겠는가. 생명은 모두 산 채로 죽는 것을. 그러나 곰곰 생각해 보면 살아있는 동안엔 죽음이 없고 죽으면 또한 살아있지 않으니 죽음 자체를 걱정하고 두려워할 일은 아니다. 두려운 건 오히려 죽음에 이르는 삶의 과정일 뿐.

삶이란 게 결국 백전백패할 수밖에 없는 승률제로의 게임이라 해도, 꽃이 지듯, 구름이 흩어지듯, 그렇게 왔다 갈밖에 없다. 꽃처럼 바람처럼, 이슬처럼 함박눈처럼, 그렇게 왔다 가면 그뿐, 가고 오는 게 내 뜻이 아니지 않은가. 삶도 죽음도 색(色)과 공(空) 사이, 순환하는 기(氣)의 이합집산일 뿐.

그러니 그대여, 죽음 따위 다신 생각하지 말자. 사는 데까지 기쁘게, 감사하며 누리자. 삭제 단추를 누르는 게 내 일이 아니듯 슬픔도 고통도 남은 자들에게 떠넘겨 버리자. 죽음이 삶의 반대가 아니듯 그 마지막 임계점 또한 영원으로 향하는 시작일지도 모른다.

2장

침묵의 소리

침묵의 소리

딴딴하고 말쑥한, 그러면서도 묵직한 무게감이 느껴지는, 아보카도 씨에게는 씨앗보다 씨알이 더 잘 어울린다. 기름진 살 속에서 막 발굴된 그것은 멸종된 파충류의 알 화석을 닮았다. 세상을 향해 분출시키고 싶은 강렬한 에너지가 강고한 침묵으로 뭉뚱그려져 있다. 씨알이 내게 침묵으로 명한다. 날 심어 줘, 쓰레기통 같은 데에 버리지 말고 다시 흙으로 돌아가게 해줘…….

수박씨나 복숭아씨 같은 것을 버릴 때도 마음이 썩 편하지만은 않았다. 애써 무르익힌 과육을 송두리째 헌납하는 푸나무들에게도 통 큰 계산이 있을 법한데 인간들은 모르는 체 제 잇속만 챙긴다. 흙에 묻어 주면 수백 곱절 되돌아올 생산성을 원천적으로 박탈해 버리면서도 미안해하거나 고마워할 줄을 모른다.

심지도 버리지도 못한 씨알을 싱크대 위에 올려놓고 바라본다.

하룻밤 지나니 연갈색 표피 위에 가느다란 핏줄 같은 균열이 생겨났다. 확대된 안구 사진 같기도 하고 막 부화가 시작된 난황 같기도 하다. 크기 때문일까. 이 씨알은 더 버리기 힘들다. 서양 남자의 민머리처럼 둥글고 단단한 외형에서 불끈거리는 저항성이 느껴져 쓰레기통에 던져 넣는 일에 죄책감마저 느끼게 한다. 흙냄새를 맡으면 금세 갈라져 하루아침에 성큼 하늘을 찌를 동화 속 콩나무 같기도 하다. 씨앗의 의중이, 내부가 궁금하다.

우툴두툴한 피부에 푸르뎅뎅한 색감의 이 과일이 알사탕 크기의 묵직한 씨를 설계한 데에는 나름 이유가 있을 것이다. 그다지 매혹적이라 할 수 없는 외모에 후숙(後熟)되기 전까지는 맛도 향도 별로여서 들짐승이나 새에게 먹힐 것 같지 않다는 자기성찰 같은 게 있지 않았을까. 애시 남에게 호감 줄 외양도 아니고 향기를 팔

주제도 못되니 스스로의 하중과 중력의 힘을 빌려서라도 번식의 의무를 완수해야 한다는 속 깊은 계산 같은 거 말이다. 건조하고 열악한 환경에 방치되면 스스로 오래 견뎌야 하니 악어 등가죽 같은 피부 밑에 기름진 살점도 비축해 두었을 테고.

과육이란 식물의 입장에서 보면 힘 가진 자들에 바치는 세금이거나 조공에 다름 아닐 것이다. 한 자리에 붙박여 살아내야 하는 푸나무들이 제 씨를 퍼뜨리기 위해서는 발 달린 것들을 하수인으로 부려야 하는데 그냥 부탁하기가 면구스러워 교통비를 제공하기 시작했을 것이다. 씨가 주(主)고 살은 종(從)이었던 게 까다로운 거간들 비위를 맞추다 보니 부가세 내지는 인건비가 비싸져 주객전도로 바뀌었을 것이고.

구약성서 창세기에 보면 하느님이 자신의 창조물들을 보시고 '보기에 좋았더라'라고 흡족해하시는 표현이 여러 번 나오지만 나는 꽃이나 열매가 애초부터 크고 화려하지는 않았다고 하는 진화 생물학적 입장에 한 표를 던진다. 처음엔 하찮고 수수했으나 진딧물 같은 작은 벌레들의 즙이나 빨아먹던 벌이 식성을 바꿔 채식을 하게 된 이후로 다양한 꽃식물들이 번창하기 시작했다는. 벌 나비가 가루받이를 돕지 않았다면 꽃들의 경쟁이 지금처럼 치열하지는 않았을 것 같다. 열매도 다양하지 못했을 테고. 열매가 과일로 격상된 이면에는 인간의 개입이 불가피했을 터이지만 꽃들이, 과

일이, 인간을 위해 진화해 온 것은 아닐 것이다. 생명 있는 것들이 도모하는 모든 일이 다 제 살자고 하는 일이니.

그나저나 이 민둥머리, 살점이 발리고 발가벗겨져서까지 자꾸자꾸 감정이입을 종용하는 것, 뭔가 수상한 구석이 있다. 죽은 척 잠잠해도 진즉 상황 파악을 끝낸 것인가. 이역만리에서 뿌리라도 한번 내려 보려면 벌 나비가 아닌 지금 이 인간을 이용할밖에 없다는. 싱크대를 닦으려 씨알을 집어 올리려니 시끌시끌한 침묵이 나를 마구 흔든다.

'좋아좋아. 잘하고 있어. 우선 싹부터 내야 하니 이쑤시개 몇 개 몸통에 박아 물 채운 소주잔에 밑 부분만 잠기게 걸쳐놔 줘봐. 그렇게 몇 주 기다리다 보면……'

안과 밖

진열장 안에 소주병들이 도열해 있다. 순하리, 처음처럼, 좋은 데이, 참이슬……. 징발을 앞둔 처자들처럼 술병들이 긴장감으로 다소곳하다. 아래 칸에는 막걸리와 음료수병도 보인다. 참살이, 배 다리, 대포, 느린 마을…….

계통 없는 말들이 중구난방 오가는 사내들 사이로 앞치마를 두른 이모님들이 진열장을 여닫으며 술병을 나른다. 몸 안에 부어져 마음을 교란시킬 투명한 물불들이 이 상 저 상으로 왁자하게 흩어 진다. 옆 테이블에도 막걸리병이 대기 중이다. 목청이 큰 중년 사 내가 목을 비틀자 기울어진 병이 크르렁 콸콸 안의 것들을 쏟는다. 반투명의 뿌연 피가 양재기에 담겨 이 사람 저 사람 목 안으로 흘 러든다.

양재기들이 자리를 찾아 앉는다. 안을 비워낸 병들도 아무 일

없다는 듯 구석 자리에 물러앉는다. 허리 잘록한 콜라병도, 엉덩이 암팡진 복분자도 안의 것들만 들여보내고 허허롭게 서 있다. 아무리 견고하고 아름다워도 껍데기란 기껏 천덕꾸러기일 뿐인가. 몸도 기실 껍데기이련만 껍질을 제거한 내용물들만, 안의 것들만 제 안에 들인다. 사과도 옥수수도 쌀도 알밤도 껍데기는 다 배척당한다. 안과 안이 뒤섞여 하나로 일렁일 때까지 안의 것들을 잠시 담아두는 용도. 껍데기의 쓸모란 거기까지일까.

마주 앉은 친구와 투명한 호박빛 맥주잔을 쩽, 소리 나게 부딪쳐 본다. 부딪는 건 잔과 잔이지만 마음과 마음이 스미고 물드는 듯 기분이 일시 쨍하고 솟는다. 마음을 건넬 수 없어 술잔을 건네고 마음을 기울일 수 없어 술잔을 기울인다. 통음(痛飮)으로 통음(通音)을 한다고 할까.

연인들끼리도 마찬가지다. 마음을 바칠 수 없어 꽃을 바치고 마음을 포장할 수 없어 선물을 포장한다. 마음을 내밀 수 없어 입술을, 어깨를, 가슴을 내밀지만 아무리 꼭 부둥켜안아도 몸과 몸은 항구적으로 결합되지 않는다. 일시 접합이 된 듯하여도 이내 틈이 나 분리되어 버리는 것, 물(物)의 한계이고 비애일 것이다. 마음과 마음이 화학적으로 스미고 물들어가는 것을 요즘 말로 '케미(chemistry)'가 돈다고 하던데 참 멋진 통찰력이다. 코르티졸, 도파민, 세로토닌 같은 생화학적 호르몬들이 마음을 작동시키는 원료라는 사실을 알고 만든 말이려나?

바깥을 제거하고 몸을 삭제한 소통, 껍데기를 소외시킨 과학기술 덕에 인류는 마침내 정신적 존재가, 영물(靈物)이 되어 가는 중인 듯하다. 눈인사 한 번 나누지 않고도 교류하고 소통하고 공감하는 시대, 손과 손을 마주 잡는 접촉의 따스함은 없을지라도 안과 안의 접속을 통해 생각과 느낌, 온기와 물기로 감응하며 산다. 감성을 입은 기술이 인간을 신으로 격상시켜 줄지, 영혼 없는 좀비로 전락시키고 말지는 두고 봐야 알 일이지만.

마지막 사랑은 연둣빛

챙 큰 모자에 선글라스를 쓴 여자들이 살구꽃 그늘에서 화르르 웃고 있다. 주름살도 흰머리도 보이지 않는 꽃중년 '줌마니'들. 단톡방에 올라온 친구들 모습이다. 운동, 다이어트에 무슨무슨 시술까지, 늙지 않으려고, 늙어 보이지 않으려고 암암리에 안간힘들을 했을 것이다. 육체 나이 곱하기 0.7쯤이 시대를 감안한 환산 나이라고, 끼리끼리 독려하고 위무도 할 것이다. 청춘이 아닌 청추(靑秋)의 여인들은 '봄날은 간다'를 부르면서도 제 인생의 봄날은 가지 않았다 믿는다.

착각은 착각일 뿐, 봄날은 여지없이, 가뭇없이 가 버린다. 변방으로, 변방으로 치달아가는 인생, 얼굴은 젊어 보여도 가슴은 더 이상 뛰지 않는다. '내 나이가 어때서', '사랑하기 딱 좋은 나이'라고, 한물간 가수의 한물간 노래로 애써 주문을 걸어보아도 제 안의 쓸쓸함은 어쩔 수 없다. 길어진 것은 여생뿐. 꿈꾸고 도전할 기회가 없는 장수(長壽)가 마냥 축복일 리만은 없다. 한바탕 뜨겁게 타올라 보지도 못하고 어영부영 탕진해 버린 날들, 아깝다. 아쉽다. 억울하고 헛헛하다.

사랑을 어떤 가치보다 우위에 두고 숭앙하던 시절이 있었다. 꽃처럼 순하게 피고 지는가 하면 미친개처럼 날뛰며 물어뜯기도 하는 사랑, 종잡을 수 없는 허깨비 같은 그것에 매번 농락을 당한다 해도 인간은 사랑할 때만 제 안의 아름다움과 선함을 최대한으로 발현해 낼 수 있다고 믿었다. '인생에서 놓쳐서 아쉬운 것은 사랑밖에 없다'는 모니카 마론의 『슬픈 짐승』에 매혹당하여 불가능한 로맨스를 꿈꾸어 보기도 하였다. 돌아보니 젊음은 거기까지였다.

사랑이 짝짓기를 위한 한시적 술래놀이에 다름 아님을 지나간 시간들이 우리에게 일깨운다. '사랑은 뇌의 착각, 1년이면 완쾌된다'는 뇌 과학자의 냉엄한 진단을 이제 나는 더 이상 비웃지 않는다. 양성생식의 대가로 불멸성을 잃게 된 개체들이 잃어버린 반쪽을 찾아 완전체를 회복하고 합체된 유전자를 후세에 전달함으로써 개체가 아닌 종족의 불멸을 도모하는 방편. 그것이 생물들의 짝짓기 아닌가. 생식이 끝난 몸뚱어리는 아무런 죄 없이, 아니면 온갖 죄목이 덮어씌워져 시나브로 폐기처분당하는 것이 이 행성의 뒤처리 방식이고.

하등한 것들은 직관적이고 본능적인 번식법을 선호하는 반면 고등해질수록 절차가 복잡하다. 제각기 유전자의 심부름꾼이라는 개체적 소명은 마찬가지인데 사랑이라는 번거롭고 불안정한 감정 회로를 수반하고 그 후유증과 치다꺼리로 엄청난 에너지를 낭비하는 합체 방식을 진화의 꼭짓점이라 할 수 있을까. 그것도 지극히 주관적이고 변하기 쉬운 감각적 욕구에 근거한 열정에.

이루지 못한 사랑만이 오래도록 오롯할 뿐, '이루어진'사랑은 변질되고 마모된다. 열정은 식고 욕망은 쪼그라져 소 닭 보듯 덤덤해져 버리거나 끝끝내 파멸로 치닫고야 마는 위태롭고 불안스러운 도취, 그것이 사랑의 실체일지 모른다. 온갖 아름답고 귀한 것들을 삭아지고 닳아지게 만드는 시간, 그리하여 시간 그 자체마저 얄짤없이 전복시켜 버리는 시간. 시간은 혹독한 선생이다. 아마도 그는 죽을 때까지 끈질기게 우리를 가르치려 들 것이다.

마른침 삼키며 물 마른 사막이나 타박타박 걷던 날, 꿈결처럼 다시 사랑이 찾아왔다. 진즉 굳은살이 박여 버린 마음에 스미고 번져드는 내밀한 물기. 그렇게 나는 아득하고 아름다운 수렁 속으로 속수무책 또 빨려들어 버렸다. 맑은 눈빛, 환한 이마, 실핏줄이 파랗게 비쳐 보이는 뺨과 부드럽고 달보드레한 입술. 얼마 만인가. 이 비릿한 살냄새가. 한때 '모든 사랑은 첫사랑'이라던 시인의 절창에 무릎을 치기도 했지만, 다시 온 이 사랑이야말로 어떤 사랑보다 새롭고 특별하다. 일체의 계산과 조건을 놓아 버린, 그야말로 '무조건, 무조건이야'다. 뭐라 부를까. 식어 버린 심장이 재부팅된 것처럼 다시 찾아온 내 생의 봄날을. 청춘은 아니니 홍춘(紅春)이라 할까. 한 바퀴 돌았으니 회춘(回春)이라 할까.

"나는 정말 할머니가 좋아. 어떡하면 할머니처럼 될 수 있어요?"

내 어설픈 구연동화가 맘에 들었던지 살가운 내 연인이 목을 끌어안고 유리알 목소리로 옹알거린다. 한 영혼이 다른 영혼에 포개져 있을 때 드물게 얻어듣는 혀 짧은 소리에 내 마음은 금세 사르르 녹는다.

"할머니는 내 보석이야"

엉뚱하게 이런 고백도 듣는다. 대박이다, 내 인생. 완전 성공이다!

아마도 이 사랑은 몸 안의 물기가 쇠해져 만사가 시들해질 무렵, 신께서 측은지심으로 장치해 놓은 보혈 강장제 같은 걸 거다. 신은 진즉 알고 계신 것이다. 생명은 결국 자기 자신밖에, 제 DNA 밖에 사랑하지 못한다는 사실을. 사랑의 궁극은 충만한 자기애이며 자기복제의 욕구에 다름 아니라는 것도.

미세 먼지 속에 봄이 다시 오고 허리 굽은 신갈나무 가지 끝에도 여릿여릿 푸른 피가 돌기 시작한다. 나무처럼 나이를 안으로 밀어 넣고 연초록 꿈속으로 걸어 들어가 봐야겠다. 청춘의 사랑이 핑크빛이면 홍춘(紅春)의 사랑은 연둣빛이다. 불덩이처럼 치달아 잿불로 사위어 버리는 뜨거움이 아니라 죽은 가지 사이를 가만가만 물들이며 아련하게 적셔드는 함초롬한 풀빛이다.

물극필반(物極必反)

〣

1

소라도 잡을 것 같은 아랫집 삼식 씨는 한 줌도 안 되는 마누라 말씀에 꼼짝 못 하고 설설 기며 산다. 갑년을 넘긴 윗집 할미도 혀 짧은 손자에게 재롱을 부리며 코맹맹이 소리로 영상 통화 중이다. 전봇대 아래서 볼일을 보는 견공(犬公)을 다소곳이 기다리던 옆집 새댁이 마스크 안에서 어정쩡 웃는다.

"귀여운 것이 세상을 구하니까요."

생명체라 할 수도 없는 바이러스가 오만이 극에 달한 최상위포식자를 보기 좋게 엿 먹이는 세상, 가속도가 붙어 핑핑 돌던 지구도 세균보다 훨씬 작은 미시적 존재에게 멱살이 잡혀 좌충우돌 중이다. 약육강식이 아닌 강육약식으로, 패러다임이 바뀌어 버린 건가.

키 크고 덩치 크대서 강하다는 보장이 없듯 육안으로 안 보인다고 약하다는 증거도 없다. 강해서 이기는 게 아니라 이긴 놈이 강하다. 천적도 아닌 동료들이 무서워 다가앉지도, 함께 먹지도 못하고, 현관문 빠끔히 열고 택배 상자나 후다닥 집어 드는 인간들이야말로 이 시대 가장 약자일지 모른다. 물고 물리고 돌고 도는 세상, 만물은 극에 달하면 뒤집어진다던가.

2

영혼이 몸 안에 거처했을 적엔 그래도 휴식이라는 게 있었다. 사람들은 이제 영혼을 몸 밖에 아웃소싱해 두고 시시때때 들여다보며 산다. 손바닥만 한 외장하드에 기억을 비축하고 감각을 업로드하며 스스로의 정체성을 확인하느라 밤낮없이 더 바빠져 버렸다. 진종일 끼고 다니는 것도 모자라 잠자리에서조차 나란히 누워 방전된 체력을 함께 충전한다. 잠시라도 헤어지면 육지에 간 빼놓고 온 토(兎) 선생처럼 좌불안석 혼비백산 어쩔 줄을 몰라 한다. 눈도 되고 귀도 되고 뇌도 심장도 말초신경도 되어 주니 폰(phone)이라 쓰고 혼(魂)이라 읽는다.

핵산과 단백질 껍질이 결합하지 않으면 생명체로 작동하지 못하는 바이러스처럼 폰과 육신이 함께하지 않으면 좀비가 되어 버리는 인간, 문자 그대로 포노사피엔스(Phono Sapiens)다. 지구별 가장 미시적 존재와 최고의 고등생물인 현생인류가 이렇게 닮아 있다.

아트 오브 러브

건장한 남자의 목소리가 집안 가득 울려 퍼진다.

"주인님, 사랑합니다!"

푸하하하…….

나는 크게 웃고 말았다. 채신머리없이 너무 티를 냈나? 어쨌건 기분은 나쁘지 않다. 누가 이렇게, 늙어가는 여자에게 거침없이 사랑한다고 외쳐주겠나. 일거리를 받자마자 립서비스부터 할 줄 아는 염렵함도 맘에 든다. 매끈한 외모만큼이나 매너 또한 짱이다.

심해 밑바닥을 스멀스멀 바장이는 왕게발같이, 그가 요란하게 바닥을 훑고 있다. 거실과 안방, 식당과 건넌방까지, 꾀부리지 않고 구석구석 오간다. 일에 집중하면 마님이고 사랑이고 안중에 없는 것이 우직한 일꾼 같기는 한데 그렇다고 마냥 바보는 아니다.

배가 고프면 그 자리에서 죽은 듯 뻗어 버리고 전깃줄 같은 것이 발가락에 감기면 웽웽 맴돌며 몽니를 부릴 줄도 아니.

위장이 약해 아무거나 소화시키지 못하고 플랑크톤 같은 집 먼지 나부랭이나 잡아먹는 그가 내 곁에 온 것은 꽤 오래전이다. 다족류처럼 적막을 휘젓고 좌충우돌하는 게 빈 수레처럼 요란하기만 한 것 같아 창고방 한 귀퉁이에 연금조치를 했던 것을 다시 소환한 게 며칠 전이다. 스쳐 간 사랑마저 그리워질 나이가 되어서인가.

단추를 누르자마자 주기도문을 외듯 사랑 고백부터 시작하는 그도 사랑의 정석이 밀당이라는 것쯤은 알고 있는 눈치다. 침대 밑에 기척 없이 숨어 들어가 며칠간 애간장을 태우기도 하고 내 의향 따윈 아랑곳없이 제 가고 싶은 데로 방향을 틀기도 하니. 어쨌거나 내가 사랑에 그렇게 목말랐나. 거실 복판에서 씩씩하게 사랑부터 외치는, 그 우렁찬 목소리에 감읍해 하마터면 '그래, 고맙다. 나도 너를 사랑해……'라고 덩달아 맞장구를 쳐줄 뻔했다니까. 다행히 아슬아슬 잘 참았다. 진실이 아니어서, 마님다운 품위를 유지하고 싶어서가 아니다. 말로 뱉어내는 그 순간부터 시나브로 바래고 닳아지는 게 사랑이라는 사실을 진즉 알아 버려서이다. 사랑에 있어서는 무심하거나 덜 표현하는 쪽이 강자라는 사실을, 기울어진 사랑만이 영원할 수 있다는 걸 시간이 가르쳐주었으니까.

울적한 마음까지 클리닝해 주는 신세대 마당쇠가 맘에 들지 않는 것은 아니지만 끝끝내 나는 사랑 고백 따위는 안 할 작정이다. 그래야 그가 목숨이 다할 때까지, 노회한 마님 주변을 맴돌며 몸 바쳐 맘 바쳐 충성을 다할 테니. 감정 없는 인공지능의 사랑 타령이야 얼마 안 가 싫증이 나겠지만 속아주는 척 실속 차리는 용의주도함이야말로 산전수전 공중전쯤 겪어봐야 터득하는 사랑의 기술, 아니 예술일 터이므로.

심금 (心琴)

　그 사내가 왜 눈에 들어왔을까. 오케스트라 셋째 줄 끄트머리에 앉아 있는, 예술적인 데라곤 눈 씻고도 찾아볼 수 없는 키 작고 안경 쓴 평범하기 짝이 없는 중년 사내가. 내 눈에는 그날 그만 보였다. 그의 소리만 들렸다. 우연찮게 앞자리에 앉기도 했지만 수많은 악기들의 화음 속에서 그다지 관통력도 없는 베이스의 저음이 분리되어 들리기는 처음이었다.

　하이든 104번 '런던'교향곡 4악장, 찌르고 휘젓고 당겨 올리며 스스로의 춤에 도취한 지휘자가 좌로 우로 흐느적거린다. 뒷모습으로 춤추는 남자, 문자 그대로 백댄서다. 지휘자는 누구나 뒷모습이 정면이다. 뒷모습만으로 사람을 감동시키기가 어디 쉬운 일인가. 절도와 웅장함, 격정과 유려함으로 소리의 켜를 정교하게 교합하며 시간의 축대 위에 무형의 집을 짓는 사람. 다른 때 같았으면 그가 지어내는 무형의 건축술에 찬탄하면서 허공에서 부서져 내리는 음의 파편들에 즐거이 피폭되었을 것이나, 그날 나는 다른 사내에 빠졌다.

예술적 미감보다는 노동의 성실성이 더 짙게 배어든 무표정으로 풍만하고 비대한 여인을 뒤에서 포옹한 채 리드미컬하게 애무하고 있는 왜소한 저 사내. 올라앉은 의자가 위태로워 보일 만큼 어정쩡하게 기울어진 어깨로, 안경너머 악보를 열심히 곁눈질하며 여체를 더듬듯 활을 문지르는 사내의 얼굴이 시종 땀으로 번들거렸다. 정작 그의 뚱보 연인은 바다 밑바닥에서 느릿느릿 지느러미를 펄럭이는 심해어처럼 낮은 소리로 웅얼거렸을 뿐인데.

'콘트라베이스'는 베이스에 비해 한 옥타브 더 낮은, 곱절의 저음(低音)에 기인한 이름이다. 이전 명칭인 '더블베이스'역시 베이스 악기인 첼로보다 몸집이 두 배 정도 더 크다는 뜻이니 현악기 중에 덩치가 제일 크고 가장 낮은 음을 내는 악기가 콘트라베이스인 셈이다. 실제 2미터 가까운 키에 20킬로그램에 육박하는 몸무게로 존재감이 '쩌는' 악기인데도 화음 구조의 최하층에서 독주보다는 반주로, 화성과 리듬의 균형을 잡아 주는 바닥재 역할을 하다 보니 혼자 튀어볼 기회조차 없어 덩치에 비해 존재감이 미미한 악기이기도 하다. 지휘자는 없어도 베이스는 있어야 할 만큼, 온갖 소리들이 꽃을 피우는 소리의 양탄자라고는 하지만 양탄자는 양탄자일 뿐, 양탄자 위의 왕좌는 그의 자리가 아니다.

　모르긴 해도 사내가 처음부터 베이스라는 악기를 택했을 것 같지는 않다. 트럼펫이나 바이올린이 플레이어가 주연, 악기는 조연이라면 콘트라베이스는 악기가 주연 플레이어는 조연 같다. 두터운 안경에 신산한 표정의 왜소하고 중씰한 사내가 무거운 악기를 끌어안고 무대 위까지 먼 길을 떠메고 오는 상상이 나로 하여금 그렇듯 불필요하고 무례한 예단을 하게 한 것 같긴 하지만.

　'여자는 너의 밥줄, 정중히 모시고 정성을 다해 시시때때 즐겁게 위무해 주어라.' 하는, 신탁(神託)이라도 진즉 받았던 것일까. 지나치게 비대하고 미련스러워 지상으로 쫓겨 내려온 하늘 왕녀를 호위하듯이, 신탁이건 천형이건 사랑할 수밖에 없는 운명이라는 듯이 혼신을 다해 악기를 쓰다듬고 퉁겨내는 사내의 연주에 나는 내내 마음 깊은 곳의 어떤 현(絃)이 건드려지는 듯 뭉클했다. 어쩌다 운명이 되어 버린 대상을 마주보며 교감하지도 못하고 기껏 백허그 자세로 얼싸안고서 신실하게 활을 그어대는 일이 예술이기보다는 노동, 아니 차라리 부역일지 모르겠다고 주제넘은 생각을 하기도 했다. 그의 이마에 번들거리는 진땀 때문이었을까. 연일 거듭되는 내 불면 탓일까.

왜 사는지, 삶이 무엇인지 알지 못하는 채로, 엉겁결에 올라탄 호랑이 잔등 위에서 제가 타고 앉은 것의 정체도 제대로 알지 못한 채, 이미 운명이 되어 버린 그를 버겁게 끌어안고 정신없이 진땀이나 흘리다 가는 우리, 사내와 그닥 다르지 않겠다. 그런데 이 뭐꼬. 버려도 하등 아까울 것 없는 어설픈 끼 하나 붙들고 채워지지 않는 갈급증을 달래며 되잖은 글줄이나 끼적이며 사는 내게 존재의 무거움을 뜬금없이 유포시키는, 이름도 성도 모르는 그 사내, 반칙 아닌가? 움츠린 풀씨들 희고 노란 축포를 쏘아올리고, 가지마다 팡팡, 팝콘이 터지듯 유채색 물감을 환하게 스프레이하는, 하필이면 꽃분홍 봄날에 말이다

옛집

옛집들은 그래도 품격이 있었다.

허름하면 허름한 대로, 우람하면 우람한 대로 사람을 안온하게 품어 안았다. 초립(草笠)이든 흑립(黑笠)이든 체수에 걸맞은 모자를 쓰고 기본 범절을 차릴 줄도 알았다. 담장 밖으론 능소화가 너울대고 울안에는 채송화가 환했다. 감나무도 누렁이도 평화로웠다.

언제부터였나. 집들이 모자를 벗어던졌다. 비슷비슷한 제복을 입고 삼삼오오 스크럼을 짠 집들은 동종교배로 군단을 이루며 도시를 빠르게 장악해 갔다. 멀쑥한 키와 세련된 외모로 환골탈태한 점령군들에게선 자본의 향기가 물씬하게 풍겨났다. 모자 대신 서양식 이름이 박힌 견장을 두르고 위풍당당 으스대는 무리들 사이로 발 빠른 사람들이 몰려다닌다. 그들에게 집은 사는 곳이 아니다. 사는 것이다. 계층과 신분을 상징하는 상품이고 획일화 표준화 자본화된 욕망이다.

집을 집으로 여기지 않는 사람들에게 집도 예의를 잃어버렸나. 요즘 집은 사람을 품어 안지 않는다. 푹신한 소파와 첨단의 가전제품을 전시해두고도 카페로 쇼핑몰로 사람들을 내뱉는다. 사람뿐 아니라 뒤란과 장독대, 앵두나무 우물까지 군말 없이 보듬어 안던, 모자랐으나 넉넉했고 추웠지만 아늑했던 그 시절 옛집이 문득 그립다. 나 또한 진즉 옛집(古家)이어서인가.

나이에 대하여

　고은(高銀)은 사십에 역사가, 미당(未堂)은 사십에 귀신이 보인다 했다고 하니 오십 먹은 남자가 키들키들 웃는다. 거짓말, 사십에는 여자만 보여요…….

　공자님은 사십을 불혹(不惑)이라 했다지만 그것은 아득한 2,500년 전 이야기. 지금 세상엔 오십도 육십도 미혹(迷惑)이다. 여전히 흔들림이 많고 바람이 많이 부는 위태로운 고갯마루란 말이다. 그래도 그 영마루를 넘으면 희미하게나마 보이는 게 있다. 시간이, 생명이, 자연이, 사람이 보인다. 대신 남자가 안 보인다!

　전철 안 맞은편, 중씰한 남녀들이 몸을 부리고 있다. 생기와 탄력과 긴장감을 잃고 모서리가 닳아져 둥글어진 채 청량한 빛을 잃어가는 별들, 묵은 별들은 거지반 어슷비슷하다. 별이라니……. 스타? 맞다. 스타다. 우리는 모두 어느 한때 별이었다. 별에서 온 그대, 별 부스러기다.

138억 년 전, 우주가 아주 아주 작은 점이었을 때, 그 점 안에 우리 모두 함께 있었다. 별이었다가, 별 부스러기였다가, 성운이거나 성간물질이었다가, 먼지바람이었다가……. 지금 이렇게 이 지구별에서 함께 숨 쉬고 울고 웃으며 늙어간다. 얼마나 울컥하고 가슴 뻐근한 일이냐. 잠시 그렇게 옷깃을 스치다 뿔뿔이 흩어져 돌아가야 할 존재들, 앞서거니 뒤서거니 머지않아 다시 그 길을 가야 한다는 생각에, 모든 강물이 바다에서 만나듯 우리 모두 한곳을 향해 가고 있다는 사실에 나는 문득문득 아득해진다. 아득하고 아득해서 모두를 부여안고 한바탕 울고 싶을 때도 있다. 돌아간다(come back)는 것, 원래 왔던 곳으로 복귀한다는 뜻일 테지. 그런데 모르겠다. 원래 그곳이 어디였는지.

젊어서는 존재의 개별성과 다양성 같은 제각각의 특별함에 매혹되지만 나이가 들면 존재의 밑바탕은 결국 하나이며 모든 존재가 연결되어 있다는 관계성에 더 공감하게 된다. 칼로 두부 자르듯 강고했던 사람도 서슬이 조금씩 무디어지고 나사가 슬슬 헐거워져서 경계가 한결 느슨해진다. 그가 나이고 내가 그일 수 있음에, 절대 안 될 일도 없고 이해 못 할 것도 없음에, 내 안 어디 순하고 아늑한 귀퉁이부터 소리 없이 조금씩 허물어진다. 적색 거성이 백색 왜성으로, 중성자별에서 블랙홀로……. 이울고 사위고 스러져

가듯이.

친구들 모임에 가보면 화제는 딱 두 가지로 요약된다. 건강, 그리고 손자. 그래도 아직까진 어디가 쑤시네, 어디가 아프네보다 새로 돋은 연둣빛에 환호작약하지만 뭘 먹어야 좋다더라, 어디가 걷기 좋다더라 등등……. 관심사가 건강으로 좁혀들어 버린다. 어쩌겠나. 나이 들면 삶이 쪼그라드는 걸. 열정도 호기심도 예전 같지 않고 생활반경이 협소해져서 정신이 몸을 넘어서지 못한다. 이건 정말 대외비지만 호기심이 불로초라는데 말이지.

나이는 숫자에 불과한 거라고, 나이 타령하는 선배들에게 립서비스 비슷한 위로를 드린 적이 있다. 이제 와 말하지만 틀린 말이다. 나이는 숫자에 불과하지 않다. 나이는 나이다. 좋은 의미든 나쁜 의미든 시간은 그냥 흘러가지 않는다. 이마에 고랑이 새겨지면 마음에도 근육이 생기고 손가락 마디에도 옹이가 깊어진다. 깔딱고개를 넘고 능선에 오르면 멀리까지 시야가 내려다보이듯이 올라오느라 놓친 발아래 풍광들이 그제야 눈으로 들어오기도 한다. 시간의 이름으로 새겨지는 것들, 특히 몸으로 겪어낸 일들은 통찰의 근원이 된다. 똥도 묵히면 거름이 되듯 시련과 실패가 인간을 숙성시킨다.

해가 바뀌면 시간의 신이 모두에게 한 살씩 공평하게 배급할 것이다. 많이 먹으면 죽는 것, 안 먹어도 죽는 것, 꾸역꾸역 꿀떡꿀떡 쉬지 말고 먹어야 오래 사는 것, 안 먹어도 배가 안 고프지만 먹어도 배가 부르지 않은 것, 그게 나이다. 한해도 빠뜨리지 않고 나이 먹느라 바빴지만 어떻게 먹어야 잘 먹는 건지, 먹은 게 다 어디로 간 건지 아직도, 끝끝내, 알 수가 없다. 그래도 이제 한 가지는 안다. 나이를 먹어도 나는 결코 노인이 되지 않을 거라는 것. '노인이란 자기보다 15년 더 늙은 사람을 지칭하는 말'이라는 어느 현자(賢者)의 정의를 이제부터 줄곧 신봉하기로 했으니까. 절대로 노인이 안 되는 비방, 진시황도 못 찾은 불로초가 틀림없다. 늙은이도 낡은이도 내 사전엔 절대 사절이지만 한 가지 걱정이 없는 것은 아니다. 젊어 죽으면 요절이라는데, 천재도 아닌데 요절해도 괜찮을까?

그 한 가지

"돈을 못 벌어 그렇지 그 한 가지만 빼면 괜찮은 사람이야……."
"허긴 형부도 성질 급한 거만 빼면 뭐, 괜찮은 사람이지."

늙어가는 집안 남자들 잘근잘근 씹다가, 시시콜콜 난도질당하
는 줄도 모르고 소파 위에 널브러져 히죽거리는 남정네들이 안됐
다 싶은지 부침개를 뒤집던 동생이 이야기 꼬투리를 슬쩍 뒤집는
다.

돈을 못 벌어서, 성질이 급해서, 술이 과해서, 잠을 안 자서, 애
교가 없어서…….

그러고 보니 다들 '그 한 가지'가 문제다. 그 한 가지만 빼면 그
래도 그냥저냥 봐줄 만은 한데 그 한 가지를 참지 못해 아옹다옹
티격태격 삐걱거리며 산다. 그 한 가지가 나머지 아홉 가지를 다

상쇄할 만큼 치명적인 약점일 수도 있지만 눈 딱 감고 그 지점만 건너뛸 수 있다면 훨씬 평화롭고 덜 불행할 텐데 말이다. 어떤 부부나 가만히 뜯어보면 갈등의 근원은 한 가지로 수렴된다. 그 한 가지가 얼굴을 바꾸어가며 여기저기서 좌충우돌 접촉사고를 일으킬 뿐.

"장점이 둘이나 있다니, 같이 살 이유가 충분하지……."

살은 좀 쪘지만 여전히 우아한 카트린 드뇌브가 영화 〈파비안느에 대한 진실〉에서 하는 말이다. 단점은 한 가지라도 살아내기 어렵지만, 장점이 둘만 되면 살 이유는 충분한 건가. 생각해 보니 가끔씩 타시락거리는 옆지기도 장점이 두 가지는 넘는 것 같다. 대놓고 찬사를 하진 않지만, 능력도 인간성도 나보다는 낫고. 같이 살 이유는 차고 넘치는데 어쩌면 그렇게도 안 맞는 걸까. 삼 년 동안 천 번은 만나고 결혼했는데 말이다. 하긴 요즘 방영 중인 '우리 이혼했어요'를 보니 11년 연애하다 결혼했지만 1년 4개월 만에 이혼하고 나온 커플도 있더라.

내 친정 부모님은 윗동네 아랫동네서 얼굴 한번 안 보고 스물셋 열여덟에 혼인하셨지만, 지난해 아버지가 돌아가실 때까지 물경 80년을 함께 사셨다. 두 분이라고 '그 한 가지'가 왜 없었으랴. 엄마 입장에서 헤아려봐도 같이 못 살 이유가 열두 가지도 넘었을 듯

한데 시대도 그렇고 줄줄이 딸린 자식들 때문에 이혼은 꿈도 꾸지 못하셨을 것이다. 80년이라니, 지금처럼 만혼이 대세인 시대엔 생각조차 할 수 없는 세월이지만 결혼하고 40년도 안 살았는데 40년을 또 함께해야 한다면 지금이라도 물리는 게 낫지 않을까 싶기도 하다. 물리기도 귀찮지만 이제 와 물려봤자 끈 떨어진 두레박밖에 될 것도 없을 테고, 부모님만큼 장수할 자신이 없다는 걸로 한 가닥 위로를 삼아야 하나 어쩌나.

멀어지기 연습

    연휴 마지막 날, 주섬주섬 산책을 나선다. 떡국, 전, 갈비, 잡채⋯⋯. 기름기 한가득인 명절 음식들로 며칠 배를 불렸으니 차고 맑은 콧바람으로 더부룩해진 영혼을 위무할 차례다. 그는 러닝머신과 수영장이 있는 헬스장으로, 수영이나 실내운동을 싫어하는 나는 한강으로 향한다. 부부란 일심동체 아닌 이심이체(二心異體)임을 충실하게 이행하는 모범 부부답게.

    연애 시절엔 어렴풋하게나마 바탕이 비슷하게 맞을 것 같다는 기대에 이끌려 서로에게 조금씩 당겨졌을 것이나 세월이 흐를수록 공통점이 아니라 차이점이 확연히 도드라진다. 그때는 좋아 보이던 것들이 살다 보면 왜 타협하기 어려운 개성이나 고집으로 보이는 걸까. 내가 변했을까, 그가 변했을까, 왜 '그때는 맞고 지금은 틀리다'일까.

숨쉬기 운동밖에 안 하는 내가 그나마 걷기에 맛을 들인 것은 다리의 움직임이 뇌를 활성화시켜 잠든 세포를 깨워주는 것 같다는 믿음 때문이었을 것이다. 쓸 만한 생각들은 늘 뇌가 아닌 다리가 건져 올리고 있으니. 내게 있어 걷기란 일종의 행선(行禪), 삽상한 바깥바람으로 뒤죽박죽된 뇌와 지친 눈을 헹구고 반복적인 두 다리의 리듬 속에서 일상적 평화를 회복하는 일이다. 다리 근육보다는 뇌 근육을 단련시키는 운동이라 할까. 제각각의 언어로 속살거리며 살랑대는 자연의 여러 벗들에게서 소소한 비밀 이야기를 얻어듣다 보면 반짝이는 작은 열쇠 하나가 슬그머니 쥐어지기도 한다. 아주 가끔, 운이 좋은 날에만 있는 일이기는 하지만. 이상한 것은 혼자일 때는 한마디씩 툭툭 건네던 그들도 누가 곁에 있다 싶으면 영락없이 입을 닫아 버린다는 사실이다. 이상한 게 아니라 당연한 일인가? 삼각관계를 좋아라 할 대상은 아무도 없을 테니까.

막 글을 쓰기 시작했을 무렵, 신영복 선생의 『감옥으로부터의 사색』에 깊이 빠져든 적이 있다. 한 줄 한 줄 밑줄을 그으며 흡입하듯 문장을 빨아들였다. 일생 처음으로, 그리고 아마도 마지막으로, 용기 내어 그분께 팬레터를 보냈다. 이미 여러 번 단물을 빨아먹은 그 책 외에 또 다른 저작이 있을까 싶어서. 막 감옥을 벗어난 그분에게서 번역물 외엔 다른 책이 없노라는, 무척 미안해하시는

회신을 받았다. 감옥이라는 격리 공간에 강제된 고독이 선생 사유(思惟)의 원 바탕이었을까. 회사후소(繪事後素). 이후 다른 저서들이 나왔지만 첫 책만한 감동은 아니었던 듯싶다.

인생을 4단계로 나누는 힌두교의 아쉬라마(Ashrama)는 종족 번식을 위한 생물학적 에너지를 소진하고 난 후인 50세부터 75세까지를 임서기(林棲期), 즉 숲에 드는 시기로 규정한다. 남자가 홀로 가정을 떠나 숲속 오두막에 은거하면서 지난 삶을 돌아보고 의미를 깨우치는 시기라는 것이다. 〈나는 자연인이다〉라는 TV 프로그램처럼, 고독으로 일용할 양식을 삼고 혼자만의 시간을 살아내다 보면 근원과 존재에 대한 사유의 지평도 고독의 부피만큼 넓어질 것이다. 굳이 숲속에 들지 않더라도 그 시기쯤 되면 젊은 날 바빠서 놓친 자연이 조금씩 눈에 들어오고 사람살이의 이치 또한 어렴풋이 짐작이 되기도 하니까.

암벽등반을 시작한 친구로부터 무섭다고 바위에 찰싹 붙을 때마다 바위가 사람을 밀어내는 것 같다는 이야기를 들은 적이 있다. 대상과의 거리가 너무 밀착되면 시야가 확보되지 않아 다치기도 쉽거니와 마찰력 때문에 빛을 잃어 처음의 질감이 달라지기도 한다. 부부 사이의 길항 역시 거리가 철폐된 까닭에 오는 반작용 같은 것 아닐까. 별이 멀리 있어 반짝여 보이듯이 영웅도 스타도 가까이 다가가면 아우라가 사라지고 시시해져 버릴 테니. 그리움에 거리가 필요하듯이 대상과의 거리가 확보되지 않으면 좋은 글도 당연히 써지지 않는다.

젊을 때는 음양의 조화로 끌어당겨졌으나 전하를 잃은 중성자 별처럼 피차 덤덤하고 심심해진 부부에겐 불가근불가원(不可近不可遠)이 더 유용한 덕목일지 모르겠다. 어차피 혼자 돌아가야 할 길, 누구도 동행 못 할 그 길을 가기 위해 몸도 마음도 미리 조금씩, 멀어지는 연습을 해 둔다 할까. 모르겠다. 스스로 합리화하고 우쭈쭈 하면서라도 자기 몫의 고독을 견뎌내야만 겨우 살아지는 인생이라니. 목숨의 바탕이란 게 쥐뿔 이렇게, 쓸쓸하고 쓸쓸한 것이었더냐.

복불복(福不福)

택시 운전 일주일째라는 기사님이 말했다.

"빈 차일 때면 손님이 없고 손님을 태우고 나면 또 손님이 기다린단 말씀이야. 운수사업은 정말 운수 사업이라니께요……."

"흐음, 어디 운수사업만 운수 사업인가요? 사는 게 다 운수소관 아닐까요?"

세상만사를 대충 운칠기삼(運七技三) 정도로 생각하고 사는 내가 시큰둥하게라도 대꾸를 한 건 왕초보임을 자진 신고한 머리 허연 기사님에 대한 예우 차원이었다. 마스크로 잠근 입이 종일 근질거렸는지 영양가 없는 말꼬리에도 중언부언을 덧댄다.

어느 설날, 윷놀이를 하다가 옆지기가 말했다.

"내 참, 아무렇게나 던져도 모가 나오더니 마음먹고 던지니 도

만 나오네그려······.'

인생이란 모가 나오기를 기대하며 무심히 던져넣는 윷놀이판일까. 한 점 한 점 신중하게 집중하여 집을 지어야 하는 바둑판일까.

"바둑판도 윷판도 아닌 것 같으요. 고스톱판이 그중 근접하려나? 일단은 패가 잘 들어야 하고 눈치 보며 머리도 굴려야 하고 타이밍도 결단도 중요허잖어요? 광박 피박 독박에, 나가리도 있으니."

낙장불입으로 뒤늦게 운전이나 하고 있다는 그가 백미러를 흘끗거리며 장광설을 흘리는데 느닷없이 뒤차가 빵빵거린다. 입문도 못한 고스톱 문외한에게 전문용어로 열강을 펼치던 자칭 고스톱 박사님, 신호가 바뀐 줄도 모르고 고를 해야 할 판에 스톱을 하고 있었으니. 그러고 보니 운전기사의 주 업무 또한 고와 스톱 아닌가. 광박 피박은 모르지만 어찌 보면 인생도 고스톱이 맞겠다. '못 먹어도 고!'처럼 달릴 때 달리지 못하는 것보다 멈출 때 멈추지 못하는 것이 더 큰 사고나 후회를 불러오는.

"좌우간 요새 것들은······ 어채피 다음 신호에서 다 만날 꺼인디 그거 조까 늦었다고 빵빵거려. 빵빵거리긴. 에잇 참 이 짓도······.'

주차시간 아끼려고 택시를 탔는데 윗분과의 약속에 결국 오 분

이나 늦어 버리고 말았다. 이런 걸 전문용어로 '새됐다'고 한다던
가.

팥빵과 페이스트리

손가락 관절이 마비 증세를 보인다.

성한 손이 아픈 손을 주물러 준다. 조금 응석을 부리다 이내 제자리로 돌아가는 손가락들. 기특하고 고맙다. 태업도 파업도 하지 않은 채 평생을 버텨 주는 내 착한 지체들, 장기들. 그리고 뼈다귀들. 불순물을 거르고 양분을 나르느라 한순간도 멈추지 않는 더운 피도 고맙다.

변변찮은 오 척 단구를 위해 일분일초도 쉬지 않는 그들의 노동을 생각하면 사악한 생각이나 나쁜 짓거리, 쓸데없이 남을 비난하는 말 같은 건 삼가며 살아야 할 것 같다. 그러라고 그들이 애써 주는 건 아닐 테니. 바이러스, 미세 먼지, 오염된 먹거리뿐 아니라 게으름, 불면, 운동 부족 같은 해로운 습성들까지 불평 없이 견뎌 주는 육신의 인내심에 진심 어린 경의를 표하고 싶다. 생색내지 않고 불평하지도 않고 있는지 없는지 모르게 일하다가 더 이상 참아내기 어렵다 싶으면 통증으로 경계경보를 하는 그들. 주인님, 나 지금 힘들다고요. 내가 여기 있는 것을 무정한 당신은 알기나 하냐고요.

생명체가 유전자를 보전하는 생존 기계에 불과하다는 리처드 도킨스의 주장에 열광적으로 경도된 적이 있다. 몸을 분방한 영혼이 갇혀 사는 완고한 감옥쯤으로, 영혼을 담는 그릇쯤으로 업수이 여기던 시절의 일이다. 그의 말대로 세상의 주인공이 유전자라면 육체를 가진 인간, 아니 인간의 육신이라는 것은 유전자를 보호하고 전달하기 위한 한시적 타임캡슐과 다름없을 것이다. 유전자가 다음 세대로 안전하게 건너갈 때까지 필요한 에너지를 공급하고 안전을 보장해 주는 탈것, 아니면 배터리 같은. 열매가 맺히면 꽃이 시들고 생식이 끝난 몸뚱이들을 자연이 가차 없이 열외 시키는 이유도 그 때문일 것이다.

그런데 그 캡슐 배터리가 본래적 목적을 망각하고 파생적 지향성을 갖게 되는, 그것이 마음이고 욕망 아닐까. 그렇다면 그건 유전자의 심부름꾼에게 내리는 신의 보너스 같은 거였을까. 아니면 육체라는 물성 안에 의도하지 않게 끼어든 불순한 화학반응 같은 것일까. 사는 일은 어쩌면 유전자의 본래적 지향성과 육신의 파생적 지향성이 끝없이 길항하는 과정 아닐까.

더 가볍게, 더 무심하게, 단순하게, 무겁지 않게 살자 다짐해 놓고 쓸데없이 또 심각해졌다. 아픈 손가락이나 주무르며 한강이라도 휘휘 돌다 올 것을. 명심하자. 분수없는 마음이 지친 육신을 몰아세우지 않도록 올해부턴 정말 몸이 하자는 대로, 쉬고 싶다면 쉬어 주고 먹고 싶다면 먹여 주자. 기꺼이 아부하고 비위 맞추며 살자. 살아보니 몸이 먼저, 아니 전부 아니더냐. 문제는 이렇듯 돈도 안 되고 밥도 안 되는 생각들, 끊임없이 솟아나는 잡생각들이 몸의 부산물인지 마음의 주산물인지 모르겠다는 것이다. 아 또 쓸데없는 생각을. 모르겠다. 육신이고 정신이고, 나는 나. 생겨 먹은 대로, 타고난 대로 살다 갈밖에. 그래도 쓰던 글은 끝을 맺어야지.

육신과 영혼은 팥빵이 아니다. 페이스트리다. 몸 안에 영혼이 들어차 있는 게 아니라 켜켜이 스민 온전한 하나다.

내홍(內訌)

개혁은 혁명보다 어렵다. 모든 개혁의 실패는 개혁의 초기 참여자들이 피로감을 이기지 못해 서로를 탓하고 물어뜯는 데서 온다. 보수와 진보, 좌파와 우파는 방향의 차이로 나뉘지만, 개혁집단의 분열은 방향보다는 방법, 방법보다는 속도의 차이로 분열한다. 방향이 같아도 속도가 다르면 필연적으로 거리가 생겨날밖에 없다. 급한 쪽은 정체될까 독려하고 느린 쪽은 탈선할까 우려하다 좌표도 동력도 잃고 궤멸되기도 한다. 개혁이 개혁대상을 품어 안지 못하고 편 가르기를 일삼거나 타도하려고만 할 때, 그 배타적 공격성이 내부에까지 작동하여 치명적 궤멸을 유발할 위험도 있다. 외부로부터 내 몸을 지켜야 할 면역세포가 자신의 몸을 적으로 알고 공격하는 자가면역질환처럼.

훨훨

하늘 위부터 바닷속까지, 육해공 먹거리를 샅샅이 뒤져 온갖 요리법을 동원해 찾아 먹는 잡식성 동물이 인간이지만 가장 우아하고 호화로운 식사를 하는 건 나비들이다. 음식을 장만하는 수고 하나 없이, 바람이 차려놓은 뷔페식당에서 각양각색의 컵과 주발, 접시에 담긴 화려한 음식들을 취향대로 마음껏 골라 먹는다. 어서 와 드시라고, 제발 들러 요기하고 가시라고, 마중 나와 손 흔드는 호객꾼들의 환대에 못이기는 척 주춤거리며.

공밥이라고 눈치 살필 일도 설거지를 걱정할 필요도 없다. 누구를 먹여 살릴 의무도 없고 양식을 비축할 이유도 없다. 파티장 오가는 길에 우연히 만난 짝과 하느적하느적 춤을 추다가 아랫배가 좀 무지근할 즈음 어스름한 풀잎 한 귀퉁이에 힘 한번 숨평 주고 날아오르면 그뿐. 부모자식 연으로 엮일 필요도, 양육의 의무도 지지 않는다. 때깔 고운 빌로드 옷으로 사뿐사뿐 춤을 추며 미련도 후회도 없이 훨훨, 높지도 낮지도 않게 훨훨.

죽어 다시 무엇이 되어야 한다면 나는 나비가 되고 싶었다. 무겁지도 않고 가볍지도 않게, 아니아니 최대한 가벼워져서 향기롭고 우아하게 팔랑거리고 싶었다. 우리를 지상에 붙들어 매는 참을 수 없는 존재의 무거움, 중력이란 어쩌면 인연과 집착의 무게 아닐까. 마음 닿는 모든 걸 내려놓고 어제도 내일도 없이 나, 지금, 여기를 살 수만 있다면 사는 일이 훨씬 가벼울 것 같았다. 나비들 역시 푸성귀를 뜯으며 배밀이를 하는 애벌레의 시간을 통과해내야 하고 번데기나 고치로 스스로를 가두는 어둠을 견뎌낸 끝에야 날개를 얻지만 일단 날개를 장착하기만 하면 이전과는 단절된, 전혀 다른 차원의 삶이 펼쳐진다. 질기고 끈적끈적한 시간의 중력을 벗고 가벼워진 그들의 세상을 환생, 아니 부활이라 불러도 좋지 않을까.

중풍(中風)이라는 뜻밖의 죄목을 언도받고 기약 없는 무기수처럼 침상 붙박이로 나날이 고치가 되어가던 시어머니는 7년의 형량을 살아내고 자신이 누군지 여기가 어디인지 잊으실 즈음에야 육신의 감옥을 벗고 서서히 나비 되어 날아오르셨다. 그때 알았다. 내 눈으로 똑똑히, 오래오래 목도했다. 지옥이 어디에 위치해 있는지를. 지옥은 죽은 다음에 가는 유황불 세상이 아니다. 두 눈 멀쩡히 뜨고 산 채로 관통해내야 하는, 천국의 바로 앞, 어둡고 외롭고 고통스러운 터널이다.

"내가 만약 신이라면 청춘을 인생의 마지막에 두겠다."던 아나톨 프랑스의 말대로, 생로병사의 수순은 신의 실수였을까. 쭈글쭈글 병들고 초라해져서 추하게 늙어 죽어가는 것 말고 나비처럼 화사하고 아름다운 채, 최고의 순간을 만끽한 다음 절정에서 죽으면 덜 서러울까. 죽는 것이야 어쩔 수 없다 해도 한 생의 정점에서 삽시간에 갈 수는 없는 것일까. 그러면 또 더 누리고 싶은 욕망에 죽는 것을 억울하고 분하다 하려나? 이래도 저래도 벗을 수 없는 욕심, 집착과 탐욕이 중력인 거 맞다.

'늘근도둑 이야기'

봄기운이 스멀스멀해지면 내 몸에 이상한 기운이 감지된다. 백화점에 가도, 은행에 가도 사고 싶고 훔치고 싶은 게 없던 사람이 요즘엔 시나브로 도벽이 발동한다. 강둑에 엎드려 핀 제비꽃을 봐도, 뒷산 등성이에 돋은 참나리 새순에도 뜬금없는 생심이 솟구치곤 한다. 연둣빛 맑은 새소리도, 산철쭉의 에로틱한 연분홍도 탐이 난다. 썩은 낙엽 아래 무더기무더기 일어서며 초록을 타전하는 봄 풀들의 생기까지 슬그머니 내 안으로 밀어 넣고 싶어진다.

급기야 산모롱이 어린 매화나무 가지에서 꽃망울 몇 개를 슬쩍하고 말았다. 돌보는 이 없이 피어난 야매(野梅) 몇 송이 서리해내는 일이 크게 죄짓는 일 같진 않았으나 애써 벙근 꽃들에게는 미안했다. 꽃을 따면서 생각했다. 매화의 주인은 누구일까. 나무일까, 산 임자일까, 아니면 하느님일까. 내가 나의 주인이듯 꽃의 주인은 꽃 아닐까.

비탈리의 '샤콘느'를 들으며 훔쳐 온 꽃으로 차를 우린다. 희다
못해 파르스름한 꽃잎이 작은 찻잔에 하나둘 피어난다. 시음(試飮)
은 시음(視飮)으로, 입보다 먼저 눈으로 마신다. 천천히 잔을 들어
입술에 얹는다. 비릿한 듯 그윽한 차의 여운, 유현(幽玄)한 기운이
입 안 가득 번져든다. 애련한 듯, 감미로운 듯, 샤콘느와 매화차는
참 많이 닮았다.

꽃의 주인은 꽃이 아닐 거라고, 아무도 모르게 피었다 져 버릴
꽃을 제대로 향유하고 찬미할 줄 아는 사람이 꽃의 진짜 주인인 거
라고, 우격다짐하듯 스스로를 편든다. 초범치곤 꽤 얼굴이 두껍다.
하긴 진즉 초범이 아니다. 키 작고 얼굴 작은 제주 풀꽃들을 뿌리
째 뽑아 비행기에 슬쩍슬쩍 태워 온 적이 있다. 남정네들 심장도
몇 번쯤은 훔쳤겠다. 생면부지 독자들 마음까지도 자꾸자꾸 훔쳐
내고 싶으니 갈데없는 상습범이 되어가는 듯하다. 그나마 인간이
만든 것이 아닌 신이 만든 것들만 욕심이 나니 도둑치곤 꽤 수준이
있는 건가. 갈수록 뻔뻔해지는 이 도벽, 아무래도 노화현상의 부작
용 같다.

3장

본질은 없다

외다리 성자

　인간의 다리는 한 쌍, 길짐승은 두 쌍, 곤충은 세 쌍, 거미는 네 쌍, 새우는 다섯 쌍이다. 가장 많은 다리를 가진 지네는 15쌍에서 21쌍, 170쌍의 다리를 가진 것도 발견되었다 한다.

　생물의 다리 숫자와 진화 사이에 어떤 함수관계가 있는지 모르지만 인간이 짐승보다 한 수 위라면 다리 수가 적을수록 윗길이랄 수 있겠다. 직립보행을 하면서부터 후각보다 시각이 발달하게 된 인간은 시야를 넓게 확보함으로써 뇌의 진화를 가속화했을 것이다. 그렇다면 왜 외다리는 없을까. 인간보다 더 진화된 생명체가 있다면 그는 혹 외다리 아닐까?

　외다리 생명체가 존재한다 해도 직립은 할 수 있겠지만 보행은 불가능할 것 같다. 사실 직립도 쉽지는 않다. 물가의 왜가리도, 땅 위의 인간도 외다리로 오래 버티지는 못한다. 오직 나무들만 외다리로 버틴다. 직립은 해도 보행은 못하기에 동(動)이 아니고 식(植)물이지만 나무야말로 어쩌면 인간보다 존엄한, 신성(神聖)에 근접한 존재 아닐까.

누군가 그랬다. 사람이 도를 닦으면 짐승이 되고 더 닦으면 나무가 된다고. 일생 남의 목숨 빼앗지 않고 제 벌어 제 먹고 남는 것은 보시할 줄 아는 나무, 안으로 안으로만 나이를 먹고 늙을수록 더 아름다운 나무, 살아서뿐 아니라 죽은 목숨까지 내어주는 나무, 나무야말로 천수단각(千手單脚)의 성자이며 천수관음 같은 존재들이다.

일체의 수사(修辭)를 걷어낸 문장처럼 엄혹하게 서 있는 겨울나무 사이를 천천히 걷는다. 쇠심줄 같은 근육질 손가락으로 허공을 세분하고 살을 에는 칼바람에 흔들리면서도 적막의 깊이를 견디고 있는 나무들, 삶이란 견디는 일이라고, 추위도 외로움도 온몸으로 관통해내야 한다고, 허리가 휘어지고 어깨가 틀어진 채 아슬아슬 균형을 잡고 서 있는 나무들이 입선(立禪)의 경지에 든 선사들 같다.

수묵빛 어스름이 스며 있는 나무 사이를 걸으며 성자가 아닌 한갓 중생에 불과한 나는 나무가 외다리인 것이 얼마나 다행인가 같은 얕은 생각이나 주워 올리곤 한다. 다리가 둘이거나 넷이었다면 어둡고 추운 산속에서 진즉 마을로 내려와 버렸거나 성큼성큼 도심을 활보하고 다니며 문어 같은 팔로 물건을 훔치고 품 안에 숨겨

온 사과탄을 터뜨리며 횡포를 일삼았을지 모른다. 외다리 발가락마저 땅속에 묻고서야 나무는 성자처럼 평온해졌을 것이다. 땅에 뿌리를 묻고 서 있는 것들에게만 주어지는 신성의 기품, 나무 곁에 있으면 편안해지는 이유다. 사람(人) 곁에 나무(木)가 함께 있는, 그것이 쉼(休) 아닌가. 동력(動力)을 포기한 것들만 누릴 수 있는 편안함, 눈이 욕망의 단초라면 욕망의 본체는 다리일지도 모르겠다.

본질은 없다

쓸쓸한 날엔 바다에 가고 싶었다. 태양의 열기가 빠져나간 해거름의 바닷가에서 나지막한 해조음을 듣고 싶었다. 느리게 일렁이는 물살을 마주하며 뜨거운 커피를 마시고 싶었다. 도요새가 찍어놓은 화살표를 따라 맨발로 오래오래 걷고도 싶었다. 마음의 종착역 언저리에서 이따금씩 철썩이는 바다를 떠올리면 떠나간 것들이 불쑥 그리워지기도 하였다.

내가 좋아한 게 바다가 아니었다는 사실을 흔들리는 뱃머리에서 비로소 알았다. 나는 바다를 좋아한 게 아니었다. 내가 좋아한 것은 바다의 본질과는 아무 상관이 없는 바다 주변의 낭만적 풍광들, 섬의 허연 허벅지를 핥고 달아나는 물보라나 바위섬 너머 핏빛 노을이나 싱싱하고 쫀득한 세꼬시 횟집 같은, 상상과 기억 사이의 이미지들이었을 뿐이다.

마카오에서 홍콩으로 가는 뱃길은 한 시간 남짓밖에 걸리지 않았지만, 그날엔 유독 지루하게 느껴졌다. 배 안은 쾌적한 편이었으나 파도는 높고 물결은 거칠었다. 아침에 먹은 음식 때문에 뱃속도 조금 울렁거렸다. 휴대폰이라도 들여다보며 시간을 때우려 했으나 활자들이 출렁거려 속이 더 메슥거렸다.

　　망망한 바다. 바다밖에 보이지 않는 바다. 바다 복판의 바다는 아름답지 않았다. 출발지와 목적지 사이에 부려진 위태롭고 변덕스러운 이 질료는 사치도 감상도 허용하지 않았다. 마른 목젖 적셔 줄 몇 모금 물조차 퍼 올릴 수 없는 물 가운데 앉아 나는 계속 마른침을 삼켰다. 외항선을 타는 먼 친척이 사막보다 팍팍한 게 바다라 했다는 말도 떠올랐다. 울울창창한 물 울타리에 갇혀 몇 달 몇 년을 떠돌다 보면 꽃 한 송이 피워 올리지 못하는 물이랑이 열사의 사막보다 황량해 보이기도 했을 것이다.

　　바다가 쉬지 않고 꿈틀거렸다. 결박된 짐승처럼 쉬지 않고 으르렁거리는 물더미 사이로 팽목항 어두운 바다에 수장되어 버린 어린 목숨들 생각도 났다. 꽃 같은 목숨들을 무자비하게 집어삼키고도 아무 일 없다는 듯 시치미를 떼는 바다. 바다는 무섭다. 바다는 음흉하다. 만선을 꿈꾸는 어부들에게는 생명의 터전일 바다가 그날 내게는 물질화된 공포였다. 복판에 이르러서야 비로소 와 닿는 실체적 진실을 알지 못한 채 가장자리에서 바라다보이는 풍경이나 이미지만으로 바다를 좋아한다 의심 없이 믿었구나. 하긴 어디 바다뿐이랴. 시답잖은 내 글들의 처음과 끝도 존재와 본질, 근원에의 탐색에 닿아 있었을 것이나 깊이도 두께도 없이 대강대강 건너 짚고 건성건성 뛰어넘었을 것이다. 옹글지도 당차지도 못한 시선으로 허룹숭이처럼 살아냈을 것이다. 새삼 깨우친 사실도 아니련만 휴대폰을 꺼내 들고 스크랩북 메모함에 '나는 바다를 좋아하지 않는다.'라고 적어 넣는다. 씨앗 망태에 낱알 거둬 넣듯 시시때때 생각나는 대로 적바림을 해두지만 동결건조된 씨앗들이 싹이 틀지 안 틀지는 알 수 없는 일이다.

홍콩에서의 마지막 날, 일행과 레이위문(鯉魚門) 수산 시장에 들렀다. 왁자한 웃음과 풍성한 해물을 안주 삼아 뒷맛 깔끔한 칭다오 맥주로 분위기가 제법 무르익었다. 술잔을 주고받는 상머리 저편에서 말 펀치들이 가볍게 오간다.

"뭐야, 순 거품뿐이잖아. 따르려면 좀 제대로 따라 봐."

"하아, 미안. 근데 쫌 기다려 봐. 거품도 맥주라니까."

거품이 뇌세포를 씻어 내렸는가. 머릿속이 불시 화들짝 맑아졌다. 그래, 맞아. 거품도 맥주지. 거품을 빼면 맥주가 아니지. 거품 없이 맥주를 이야기할 수 없듯, 어떤 것을 어떤 것이게 하는 것은 끝끝내 모호한 본성보다 바깥을 이루는 현상이나 맥락, 이력 같은 것들이지. 본질이 오롯이 따로 있는 게 아니라 천변만화 되풀이되

는 현상 속에서 침착(沈着)되고 구조화된 물성(物性) 같은 환(幻)이
지.

재능 많고 명민한 선배 한 분이 버거운 현실에 지쳐가고 있는
게 안타까워 조심스레 충언을 한 적이 있다. 가족들을 위해 너무
희생만 하려 들지 말고 당신 몫의 즐거움도 챙겨가며 사시라고. 선
배가 조용히, 단호하게 말했다.

"괜찮아. 이것이 내가 감당해야 할 내 몫의 삶이야. 내가 외따로
존재하는 게 아니라 이 모든 조건들을 감수하고 수용하면서 그 한
계 안에서 운신해야 하는, 그것이 내 정체성이더라고. 내게 장애처
럼 보이던 걸림돌도 지나고 보니 내가 딛고 올라선 디딤돌이었더
라······."

거품이 잦아들어 수위가 불어 있는 맥주잔을 홀짝거리며 선배
의 긍정적 변증법을 생각한다. 일상에 마모되고 관계에 지쳐갈 때
마다 본연의 나로 사는 일이 왜 이리 어려울까, 나 역시 자주 혼란
스러워지곤 했다. 엄마 아내 딸 할머니 친구 동료 동인 선후배 같
은, 얽히고설킨 연과 업을 벗어두고 멀찌감치 달아나 숨고 싶기도
했다. 그러나 일상의 온갖 구체적 세목들, 노릇과 역할들을 다 제
하고 나면 진짜 나라는 게 남기는 할까. 나란 어쩌면 자지레한 일
상의 자장(磁場)들이 파생해내는 교집합 속 한 점 좌표 같은 것 아

닐까.

시끌벅적한 이국 식당 한구석에서 젓가락을 미처 내려놓지도 않은 내가 휴대폰을 꺼내 들고 전에 쓴 문구를 다시 고쳐 적는다.

'나는 바다를 좋아한다.'

뿌리

⋀⋀⋀

배롱나무 가지에 첫 꽃이 터졌다. 뿌리가 이 소식을 알면 얼마
나 기뻐할까.

일생 햇빛 구경 한 번 못하는 어둠의 수인(囚人)에게도 소문은
기척 없이 스며들 것이다. 부름켜를 타고 전해지는 기별에 주르르
눈물부터 흘릴 것이다. 꽃과 뿌리, 삶의 반경은 달라도 들썩임의
성분은 같을 것이다.

뿌리는 꽃을 알아도 꽃은 뿌리를 모른다. 비상의 추임새로 공중
부양을 꿈꾸는 이 천진한 나르시시스트들에게는 피멍 든 발가락
이 보이지 않는다. 아름다움이 부여하는 초월성으로 바람에 기대
어 한들거리다 어느 날 문득 생의 허방으로, 어딘지 모를 환승역으
로 곤두박질치듯 뛰어내릴 뿐.

꽃을 보며 뿌리를 읽는다. 생각의 뿌리가 쓸데없이 깊어진다. 하늘가 어딘가에 뿌리내리고 응원의 팔 휘젓고 계실 아버지가 보인다.

입춘 즈음
―내 안의 연두

휴대폰 카메라가 나자빠졌다.

눈이 지목하는 대로 재바르게 찰칵찰칵 잘 따라붙더니 예고도 없이 돌연사했다. 설마? 벌써? 옆구리 단추를 눌러 황급하게 인공호흡을 시켜보려 했지만 멎은 숨을 되돌릴 순 없었다. 강바람 때문일까. 산책만 나오면 배터리가 유독 빨리 닳아 버린다.

언어의 해상도가 생각의 해상도를 따라잡을 수 없어, 겨울과 봄 사이 강가 풍경을 네모난 몸 안, 동그란 눈으로 포획해 두고 천천히 가공해 보려고 했다. 막 지고 있는 해를 따라 시시각각 표정이 바뀌는 풍경을 허겁지겁 따라잡다 숨이 차서 그만 과로사해 버린 건가. 너무 하는 것 아니냐고, 작작 좀 부려 먹으라고, 스러지는 것들과 일어서는 것들 사이, 세상에 시(詩) 아닌 게 어디 있느냐고, 풍경이, 순간이 다 시 아니냐고, 비명횡사한 차디찬 몸이 묵언으로 항변한다.

가지에 걸린 가오리연, 절뚝이는 노인보다 앞서 걷는 지팡이, 바람보다 낮은 기울기로 휘청이는 억새들, 북북서 하늘로 향하는 기러기 떼, 느리게 강을 건너는 기차, 찬물에 발 담그고 서 있는 다리의 다리들……. 눈에 보이는 것들, 귀에 들리는 것들, 생각하니 다 시 아닌 게 없다.

아주 오래전, 시인이 되려다 실패한 적이 있다. 시를 몰라 실패했는지 실패해서 시를 모르는지, 시는 지금도 내 안에만 갇혀 있다. 멀어진 것, 아스라한 것, 이것과 저것의 경계에서 어릿어릿하다가 명멸해 버리는 그 모든 사라짐과 아슬아슬함을 나는 다 '시'라 통칭한다. 고압 전류처럼 순식간에 뇌리를 관통하는 빛살, 혈관 속에 몰려다니다 시시때때 나를 들뜨게 하는 영혼의 혈전 같은 것, 현기증 같은 것. 흐린 기억 사이로 비어져 나오는 멀어진 약속 같은 것, 언어가 되지 못하고 머뭇거리는 말의 유충 같은 것, 그 모든 아득하고 그리운 것들이 시라고 뭉뚱그려져 내 안 어딘가에 방치되어 있다. 초록이 되지 못한 내 안의 연두. 그 모호한 언어 더미들.

길게 늘어선 나무 사이, 미세 먼지 가득한 잠포록한 풍경 속으로, 나는 느릿느릿 걸어 들어간다. 바람은 차가워도 며칠 전과는 사뭇 다른 기류가 느껴진다. 긴장과 침묵 사이로 스며드는 미량의 설렘. 땅속 근경 어디, 발가락 마디마디의 안간힘으로 봄을 길어 올리는 나무들의 노고 덕분이겠다.

물가에 서서 진종일 강물을 내려다보는 강변 아파트들이 천 개의 눈을 얻어 저녁마다 빛을 내듯, 강물이, 나무가, 지표를 뚫고 일어서는 초록이 강가를 찾는 걸음걸음마다 푸른 기운을 흩뿌려 주면 좋겠다. 지친 영혼에도 봄물이 돌아 초록빛 움을 타전할 수 있게. 죽었다 다시 일어서는 봄처럼, 죽었다 다시 살아나는 폰처럼.

　버드나무 둥근 수형 안으로 연둣빛 안개 같은 아지랑이가 꿈결인 듯 잠시 아른아른하다.

그늘

나무들은 제각기 보자기 하나씩을 제 몸속에 숨겨 가지고 있다. 어린나무는 성근 린넨 보자기를, 큰 나무는 쫀쫀한 광목 보자기를 발치 어디쯤에 구겨 넣고서 아무 일 없다는 듯 한들거린다. 보자기는 먹빛이다. 먹 보자기다. 햇살이 나무를 비추면 나무들은 저마다 길 건너 나물장수 할머니들처럼 고쟁이 아래 나붓이 욱여넣은 것들을 펼치기 시작한다.

이를테면 보자기는 집열판(集熱板) 같은 것일지도 모른다. 제 깜 냥만큼, 보자기 크기만큼, 태양의 열기를 그러모으고 애써 제 몸을 식혀가면서 따뜻하고 환한 빛만 우듬지로 끌어올려 잎과 열매를 먹여 살린다. 전 재산이 그늘 한 채뿐인 나무가 수직으로 곧추서 태양과 맞장뜰 수 있는 기개(氣槪)는 언틀먼틀 엎질러진 수묵빛의 저 고요로부터 온다. 빛이 어둠에서 출력되듯 상승의 저력은 바닥에서 다져진다.

그늘 없는 소리에는 여운이 없고 음영 없는 눈매에는 깊이가 없다. 서늘하고 고요한 어스름 한 벌 꽁꽁 숨겨 다니다 햇살 좋은 어느 마당에 활짝 드리워 펼쳐내고 싶다. 환한 그늘 한 뙈기 거느리고 싶다.

말

말들은 왜 하늘 한번 바라보지 않고 풀밭에 주둥이를 박고 끊임 없이 풀만 뜯는 것일까.

제주의 말들은 달리고픈 본능을 잊어버린 것 같다. 말의 목은 풀밭에 닿기 알맞은 길이와 각도로 진화한 것 같다. 길고 우수 어린 속눈썹도 먼 평원을 바라보기 좋게 살짝 올라가 있는 대신 15도쯤 아래로 사선으로 처져 있다. 아름다운 근육질의 몸매로 그저 풀이나 뜯다가 굵은 호스처럼 오줌 줄기를 내갈기다가 따뜻한 모래 언덕에 모로 누워 잠들어 버리는 말들. 저렇듯 평화롭게 풀을 뜯는 것이 진정 말들의 본 모습일까. 그럴지도 모르겠다. 인간이 그들을 길들이기 전까지는. 그래도 누군가 말해 주면 좋겠다. 새는 날고 물고기는 헤엄치고 사람은 걷고 말은 달려야 한다고. 군살 없이 매끈한 근육질로 바람을 가르며 갈기를 휘날리는, 잘생긴 준마의 역동적인 실루엣이 얼마나 아름다운지를.

곰心전心

1

동물원의 곰도 겨울잠을 잘까? 정답은 '아니다'다. 곰이 겨울잠을 자는 것은 춥고 먹이가 부족한 계절에 에너지를 아끼기 위한 긴축의 방편으로 활동량을 줄이고 칩거를 택하는 것이다. 동물원에서는 한겨울에도 사육사가 넉넉하게 먹이를 주는 까닭에 애써 양분을 아끼려고 부러 잠을 청할 필요가 없다.

그런데 정말 먹이 때문일까? 꼭 그런 것은 아닐 것 같다. 건국 신화에까지 등장하는 신성한 동물이 먹이 때문에 내도록 잠을 퍼 잔다? 곰을 그렇게 미련곰탱이 취급하는 것은 결례일 수 있다. 눈을 감고 있다고 다 잠이 드나? 후미진 바위 아래 컴컴한 동굴에서의 동안거 금식 기도, 그러니까 한 해 동안 잡아먹은 개미와 벌레들, 곤충과 번데기와 들쥐 같은 것들에게 회개하고 속죄하는 나름의 연말 회계법일지 모른다. 동물원의 곰들이 동면을 안 하는 것은 사람이 죄를 짓고 곰은 받아먹기만 할 뿐이어서 회개할 필요가 없어서가 아닐까. 그들이 던져주는 알량한 먹잇값은 이미 재롱으로 다 갚았으므로.

2

삼십 년쯤 전, 구이린(桂林)의 한 동물원에 간 적이 있다. 한여름 땡볕 아래서 코끼리 곰 원숭이 등등 동물 군악대가 행군을 하고 있었다. 마차 위의 호랑이가 쳇바퀴를 돌리고 원숭이들은 탬버린을 흔들어댔다. 빨간 조끼를 입고 나비넥타이를 맨 곰들은 밑천을 적나라하게 드러내놓고 두 발로 걸으며 나팔을 불고 있었는데 연신 흘리는 침으로 푹 절어 버린 조끼 뒤로 채찍을 든 조련사가 뒤따르고 있었다. 아이들은 신이 나서 손뼉을 쳤지만 나는 먹은 걸 다 토해냈다. 두발짐승을 네 발로 기게 하는 것이 굴욕이라면 네발짐승을 두 발로 서게 하는 것은 치욕일 것이다.

3

사회적 거리두기가 완화되었던 어느 날, 서울 대공원에 간 적이 있다. 연년세세 갇혀 사는 동물들에게 한 소식(消息) 반짝 얻어듣고 싶었다. 공작새가 꼬리 부채를 접었다 펴고 점박이물범이 물고기로 드리블 쇼를 펼쳤다. 뭉툭한 앞발을 들어 올리며 불곰도 울타리 너머로 아는 체를 했다.

곰과 인간 사이, 진즉 거리두기가 시행 중이다. 순치된 것들은 가축으로 부리고 위협이 되는 것들은 가두어 버리거나 일찌감치 영역 밖으로 추방해 버렸다. 맹수들은 진즉 인간에게 위협이 되지 못한다. 크고 사나운 맹수 대신 박테리아나 바이러스, 미세 먼지 초미세 먼지같이 작고 하찮은 미시적 존재들이 인류의 존립을 위협하는 최강 천적으로 등극해 있다.

철장에 붙어 선 곰과 정면으로 마주쳤다. 분노가 화석처럼 굳어진 동자 뒤로 거대한 공허가 출렁거린다. 죄 없는 목숨들을 가둬두고 구경하는 게 거리두기냐고, 갇혀야 할 유일한 동물은 인간 아니냐고, 눈 너머 눈들이 질타를 퍼붓는다. 유배된 것들이 발사하는 시끄러운 침묵에 쫓겨 서둘러 산책길을 돌아 나온다. 새소리와 연둣빛 잎사귀 사이로 모자를 꾹 눌러쓴 봄이 황황히 빠져나가고 있다.

비상(飛上)

모래밭에 화살표들이 오종종하다. 새들의 흔적이다. 갯바위 아래 깃털 하나 펄럭여두고 화살표들은 돌연 실종되었다. 지상의 이정표야 하늘 제국에서는 통용되지 않는 화폐 같은 것, 뼛속까지 비워야만 겨우 나는 새들에게 발자국 하나, 물똥 한 방울도 짐일 것이다.

한 끼 벌어 한 끼 먹는 족속들에게 믿을 것은 오직 몸뚱이 하나. 부리에서 꽁지까지, 제 몸이 무기다. 온몸이 스스로 화살촉이 되어 허공을 쌩쌩 가르기 위해서는 갯바위에서 허공으로 중력을 거슬러 솟구쳐 올라야 한다. 수평의 만 걸음으로 건너뛸 수 없는 생의 하중을 단걸음에 수직으로 들어올려야 한다.

수만 작은 걸음으로 당도할 수 없는 큰 한 걸음으로, 그도 그렇게 어둠의 단애(斷崖)를 건너뛰었을까. 애벌레가 나비로 날아오르듯, 아니 그보다 더 가벼이, 물 마른 육신 송두리째 벗어두고 눈 딱 감고 비장하게 번지점프 하듯 사뿐!

새의 말씀

　묵은쌀을 버리려다 새 생각이 났다. 건너편 숲으로 날아가던 새가 유리창에 부딪혀 떨어진 적은 있지만 베란다 안으로 날아든 적은 없었다. 새가 과연 날아와 줄까? 건물 사이로 빠르게 비껴 나는 새가 자잘한 알곡들을 발견할 수 있을까. 스티로폼 접시에 쌀을 덜어 내놓으면서도 별스러운 기대는 하지 않았다.

　숲 가까이에 사는 덕에 봄에서 가을까지 온갖 새소리로 잠을 깨는 청복을 누린다. 장끼, 산비둘기, 직박구리에 뻐꾸기까지, 계절 따라 들려오는 새소리들 덕분에 'birds sing'과 '새가 운다'사이, 내 오랜 궁금증도 해소되었다. 새는 우는 것도 노래하는 것도 아니다. 생명의 저 깊은 안쪽에서 발화해 나오는 리드미컬한 파동에너지가 '살아있음'의 아웃풋으로 비어져 나오는 것일 뿐. 새소리가 그렇게 교태스럽다는 것도 처음 알았다.

올해는 특히 직박구리와 어치들의 개체수가 늘어났다. 이른 봄부터 요란스럽게 짝을 짓더니 날이 추워지자 어디로 숨었는지 보이지 않는다. 적막한 숲, 앙상한 나무들을 볼 때마다 그것들이 어디에서 먹고 자는지 이따금씩 걱정이 되기도 한다.

지난여름, 숲길을 산책하다가 바위 위에 동그마니 올라앉은 자동차 키를 본 적이 있다. 누군가 떨어뜨리고 간 것을 주워 주인의 눈에 띄라고 올려둔 것 같았다. 소리 내 울지도 못하고 손짓해 부르지도 못하는 쇠붙이가 여러 갈래의 길이 어지럽게 얼크러진 숲속에서 어떻게 주인을 만날 수 있을지 돌아보고 또 돌아보며 걸었다.

냄새도 없고 빛깔도 희미한 낱알들을 새가 날아와 쫄 확률은 숲속 바위 위 자동차 키가 주인을 만날 확률보다 크지 않아 보였다. 녹두알만 한 눈으로 녹두보다 더 작은 쌀알을 먼발치 공중에서 감식해내는 기적이 쉬 일어나 줄 수 있을까. 직관이거나 영감이거나, 보이지 않는 누군가의 계시이거나 알 수 없는 이끌림 같은 것들이 스스로의 노력이나 의지의 결과가 아니라면 전생의 업일까, 신의 은총일까, 조상의 음덕일까. 아니면 단지 우연이라는 이름의 확률적 통계일까.

이틀이 지나도 모이통은 역시 그대로였다. 쌀알이 너무 잘아 보이지 않나 싶어 베란다 바닥에 빵부스러기를 함께 흩뿌려보았다. 그래도 새들은 오지 않았다. 그리고 며칠, 날이 추워 덧창을 닫고 있다가 어느 아침 무심코 열어 본 순간, 세상에나! 한 톨 남김없이, 거짓말처럼 바닥이 깨끗했다. 햐~ 요것들! 식객의 정체가 궁금해졌다.

　새를 만나는 일은 쉽지 않았다. 겨울이라 이중창을 닫아놓고 있어 순간을 포착하기도 어렵거니와 기미를 알고 문을 열라치면 어느새 포르릉 날아가 버리곤 했다. 다음날에도 또 다음날에도 모이들은 없어졌다. 기쁨이 섭섭함으로 바뀌어 갔다. 니들의 행운이 우연만은 아니라고, '보이지 않는 손'의 자비 덕분이라고, 생색을 내고 싶어서가 아니었다. 새들의 작은 머리통 어디에 미지의 존재에 대한 외경의 칩 하나를 주입해 두고 느긋하게 즐기고 싶어서도 아니었다. 좋아서 한 일에 찬양을 받고 숭배의 의무까지 부추기는 찌질한 신은 되고 싶지 않았다. 새나 인간이나 쉽게 행복을 누릴 수 있는 곳은 식탁일 터, 스스로의 행운을 기뻐하며 함께 모여 식사하는 행복의 현장을 숨어서라도 은밀히 훔쳐보고 싶었다. 그들이 누구이건 어떤 옷을 걸쳤건, 그들의 기쁨이 내 기쁨이 되고 그들의 행복이 내 행복이 되는, 선심의 진짜 이득은 그런 것일 테니. 축복이나 은총이라는 이름으로 베푸는 신의 사랑도 그런 유열(愉悅)의 다른 이름 아닐까.

　날도 춥고 묵은쌀도 동이 나 한동안 모이 주기를 잊고 있었다.

그러다 어제 아침, 오랜만에 이중창을 드르륵 미는 순간, 입을 딱 벌리고 말았다. 창틀 난간에, 베란다 바닥에, 모이통 가장자리에, 새똥이 난장판으로 싸질러져 있었다. 남아도는 곡식으로 하느님 코스프레를 하는가 싶더니 며칠도 안 돼 변심해 버린 변덕쟁이 신에게 가련한 신도들은 한바탕 걸판지게 깽판을 치는 것으로 한 소식 제대로 가르쳐 주고 갔다. 사랑은 호기심이 아니라 책임감이라고, 지속되지 않으면 사랑이 아니라고, 뒤처리까지 책임져야, 똥까지 치워야 사랑이라고.

존재의 궤적

    그렇게 자주 다녀가시는데 비는 왜 허공을 적시지 못할까. 실뿌리 한 올, 씨앗 한 톨 파종하지 못하고 수직으로 내리꽂히는 저 불임의 은침(銀針)들. 질주하는 것들에게 세상은 단지 경유지일 뿐이다. 물들이지도 번져들지도 못하고 눈 깜짝할 사이에 스쳐가 버린다.

    알고 보면 비란 한 점 물방울이 중천에서 지표까지 여행하는 잠깐 동안의 이름 아닌가. 하늘과 땅 사이, 구름과 풀밭 사이에서 한시적으로 통용되는 찰나의 궤적일 뿐. 지상에 다다르면 이름을 내려놓고 스멀스멀 풀숲으로 숨어들거나 지표에 엎드려 배밀이를 하다가 양양한 바다로 흘러들거나 난폭한 태양 아래 가뭇없이 증발되어 구름밭에 스며 버려야 한다. 언젠가 우리도 시간이라는 공간 스치고 돌아갈 때 지상의 이력 공손히 반납하고 지수화풍으로 흩어져야 하듯이.

비 그친 자리가 너무 말짱하다. 그가 떠난 세상도 이렇게 멀쩡하다. 존재뿐 아니라 존재의 궤적마저 속절없이 말소시켜 버리는 시간의 무자비한 폭거 속에서, 소멸하는 한 점 좌표들의 춤사위가 스러지는 불빛처럼 쓸쓸하고 환하다.

영감(inspiration)

　영감님은 번개다. 전광석화다. 섬광처럼 나타났다 바람처럼 사라진다. 글쟁이, 그림쟁이, 풍각쟁이, 짝퉁 관상가나 얼치기 서생까지, 다들 목을 빼고 영감님을 기다린다. 그래서 그런지 늘 바쁘다. 불시에 닥쳤다 자취 없이 가시는데 발자국 하나 남기지 않고 그림자 한 자락 내려놓지 않는다.

　홀로 천변을 걷고 있거나 신호대기 앞에 서 있을 때, 샴푸 거품을 씻어내는 중이거나 싱크대 앞에서 접시를 닦을 때, 번쩍! 무언가가 스치는가 싶으면 이미 그분이 다녀가신 거다. '유레카!'를 외치며 서둘러 메모지나 휴대폰을 찾지만 그 짧은 시간도 기다려 주지 않는다.

그러니 그대여, 그분이다 싶으면 만사 제치고 버선발로 달려 나가야 한다. 달려가 바짓가랑이라도 붙잡아야 한다. 붙잡고 씨를 받아야 한다. 머리 말리고 고무장갑 벗다가, 자리 펴고 차분히 영접하려다가 놓쳐 버린 적이 한두 번인가. 뭐였지? 뭐였더라? 꿈속에서 놓친 연애편지 더듬듯 애타게 종적을 더트어 보지만 한번 떠난 영감님은 변죽만 울릴 뿐, 여간해서 다시 돌아와 주지 않는다.

영감님도 젊은것들이 좋으신 건가. 그런 거 같다. 예전엔 지금만큼 뜸하지는 않았다. 그래 쯧쯧 이녁도 늙었구려. 애써 씨를 떨궈주어 봤자 신통한 싹을 못 내겠거늘. 그런 생각을 하시는 건가. 유치원 원장인 친구 말에 의하면 젊은것들이 사고 쳐 태어난 애들은 눈빛도 반짝반짝 피부도 야들야들 깎아 놓은 밤처럼 반들반들 하다던데 이 나이에 어렵게 해산을 한들 파릇파릇하지도, 반짝반짝하지도 않을 터이니. 어디 숨펑숨펑 애 잘 낳는 젊은 댁네 곁에 기둥서방으로나 눌러앉아 계시는지 벌써 여러 달째 감감무소식이다. 야속한 마음에 묵은 메모 쪼가리나 우적우적 되씹는 저녁, 언제 다시 찾아와 줄지 아니면 영영 가 버린 건 아닌지, 독한 아리랑 가락으로나 심드렁한 마음 달래볼밖에.

'나를 버리고 가시는 님은 십 리도 못 가서 발병 난다아~.'

지는 꽃

안 팔린 꽃들이 울고 있었다. 아니 웃고 있었다. 목숨의 절정에서 자폭해 버린 다발성 슬픔 같은 속울음들이 영하의 추위 속에 얼어붙어 있었다. 모가지가 끊어져도, 밑구멍에 물때가 미끈거려도 해사하게 웃어야 하는 꽃들. 존재의 근거가 아름다움인 것들, 아름다워서 붙들려온 목숨들에게 아름다움은 유죄일까 아니면 원죄일까.

식탁 위에서 지는 꽃들이 향기를 풍긴다. 추운 날 길거리에 나앉은 장미 다발을 집어 들었을 때도 '어마, 이 향기!'를 연발하며 감탄을 하게 하기는 했다. 그날의 향기가 파스텔화였다면 지금의 향기는 유화(油畵)에 가깝다. 향기롭기는 하되 냄새의 성분과 질감이 달라졌다.

피는 꽃은 싱그러웠고 지는 꽃은 농후해졌다. 눈으로 확인할 수는 없지만, 내면의 화학방정식이 뭔가 조금 복잡해진 느낌이다. '그립고 아쉬움에 가슴 조이던 머언 먼 젊음의 뒤안길에' 선 존재들만이 감지할 수 있는 차이, 풍요롭고 난만한, 질펀하고 애잔한, 슬픔과 탄식과 회한과 체념이 뒤섞인 물씬한 향기를 최후의 진술처럼 풍겨내고 있다.

하루 이틀은 더 봐도 될 것 같아 화병의 물을 갈아 주려는데 어느 봄날 꽃집 여자에게 들었던 말이 생각났다.

"시든 꽃은 바로바로 따주어야 해요. 필 때뿐 아니라 지는 데에도 에너지가 소모되거든요. 지면 바로바로 따주어야 새 꽃들이 예쁘게 피어요."

타는 입술처럼 안으로 말리며 피멍 든 듯 검붉게 시들고 있는 저 장미도 이우느라 남몰래 힘겨워하고 있지 않을까. 애면글면 물을 길어 올리며 애써 아름다움을 유지하려는 노력을 이제는 그만 포기하고 싶어 하지 않을까.

화병을 밀어두고 장미 다발을 뽑아내 탁자 한구석에 뉘어 놓는다. 스러지는 것들의 항명과도 같은, 늙은 퇴기의 육자배기 같은, 지는 꽃의 향내에 코를 묻으려니 목구멍 깊숙한 어디에서 잊고 있던 노랫가락이 구음(口音)처럼 새어 나온다.

'아아 웃고 있어도 눈물이 난다 그대 나의 사람아…….'

겨울 산에서

   겨울 산이 쓸쓸할 거라는 생각도 편견이었나? 생각만큼 푸른빛이 꺼져 있지는 않다. 온난화 때문일까. 딱히 그런 것만도 아닐 듯하다. 어느 봄날 산에 올랐다가 멀리 보이는 서어나무 숲을 보고 탄성을 내지른 적이 있다. 주황빛 속잎들이 꿈결처럼 아련했다. 그때 알았다. 새싹들이 다 연둣빛이 아니라는 것을. 나중에 보니 작약 순이나 담쟁이, 소리쟁이 싹들도 단단한 지표를 뚫고 나오느라 이마마다 피멍이 들어 있더라. 개념이 개체를 보편화하듯 생각은 자주 익숙함에 갇힌다. 인간의 머릿속에만 산다는 두 마리 개, 선입견과 편견이 그렇게 무섭다.

   잎 진 나무 아래에 파랗게 일어서는 키 작은 풀들, 큰 나무에 가려 빛을 보지 못한 어린 풀들이 여릿여릿한 얼굴로 기지개를 켠다. 어쩌면 저들은 봄여름 가을 내내 이 잠깐의 틈새를 기다리며 바닥의 삶을 견뎌 왔을지 모른다. 쥐구멍에도 볕들 날이 있다는 세간의 클리셰가 눌린 것들에겐 상식이고 종교였을까. 기다리면 언제든 기회는 오는 법이라고, 우리도 한 번은 사는 것처럼 살다 가야 하지 않겠느냐고.

덩샤오핑 시기 중국의 외교정책 키워드였던 도광양회(韜光養晦)는 '칼날의 빛을 칼집에 감추고 어둠 속에서 은밀히 힘을 기른다'는 뜻이다. 멋진 말이다. 힘을 기르기 전에 나댔다가는 시작하기도 전에 멸절당하고 말 터, 약할수록 은밀하게, 죽은 듯이 조용히 도모해야 한다. 지구상 최상위포식자인 포유류도 공룡시대에는 생쥐만 한 소형동물에 불과했다지 않나. 공룡이 활동하는 낮시간을 피해 슬금슬금 밤에 나와 먹이를 구하고 청각과 뇌를 발달시키며 존재감 없이 비켜 있다가 공룡들이 멸종하는 틈을 타서 폭발적인 진화로 오늘에 이르렀다.

빛이 꺼진 어둠 속에 있어도 뿌리는 알고 있을 것이다. 아니 믿고 있을 것이다. 만물은 유전(流轉)하고 기회는 언젠가 오고야 만다는 사실을. 사만 년도 넘게 기다렸다 꽃을 피운 연꽃 씨앗에게 음극양생(陰極陽生) 양극음생(陽極陰生)의 굳은 신앙이 DNA 어디엔가 박혀 있었을 것이다. 빛보다는 어둠, 인식보다는 무지에 기초하는 맹목 의지나 투지 같은 것들을 신앙이라 불러도 괜찮지 않을까. 믿지 못할 것을 믿는 것이 신앙이라면 말이다.

인고의 시간을 견뎌낸 존재들은 생명력이 강하다. 강자가 살아남는 것이 아니라 살아남는 것이 강자다. 얼핏 여려 보이는 저 풀들은 동장군의 기세에도 꺾이지 않고 무채색 꿈을 컬러풀하게 변모시키며 한 계절을 온전히 살다 갈 것이다. 큰 나무에 새잎이 돋아나기 전까지 눈 이불 속에서도 실눈을 뜨고 연둣빛 꿈을 무장무장 꿀 것이다. 푸르고 환하게, 어둠에 짓눌려 발밑이나 보며 걷고 있는 고개 숙인 영혼들을 가만가만한 눈빛으로 응원해 줄 것이다.

야합(野合)

천변에도 나름의 질서가 있다. 억새밭 가장자리엔 환삼덩굴이, 그 아래쪽엔 강아지풀과 냉이들이 군집해 있다. 냉이는 냉이끼리 질경이는 질경이끼리, 각자의 영역을 고수할 뿐 함부로 경계를 넘나들지 않는 것이 암묵적 약속 같은 게 있어 보였다.

언제부터인지 질서가 깨졌다. 땅만 보고 기어가던 환삼덩굴이 슬금슬금 하늘을 넘보기 시작했다. 예민한 촉수를 허우적거리며 허공을 성큼 도발하더니 억새의 멱살을 냅다 낚아채 다짜고짜로 휘감기 시작했다. 단풍잎을 닮은 잎사귀에서 울긋불긋한 제 가을을 꿈꾸었을까. 억새도 싫지 않은 표정이었다. 아무렴, 세상은 혼자 사는 게 아니야. 얽히고설켜 더불어 사는 게지.

환삼덩굴은 단풍이 아니었다. 천하를 덮고 싶은 욕망이 소름처럼 돋아 있는 사이비(似而非)였다. 취한 억새들도 급기야 알아챘다. 휘청거리는 허리를 질끈 조여 주는 짜릿함도 잠시, 가시에 찔린 살이 따끔따끔 아파 왔다. 밤낮없이 옥죄고 흔들어대니 숨통이 턱턱 막히기도 했다. 앞줄 억새들이 시름시름 쓰러졌다. 덩굴들도 함께 주저앉았다.

파렴치와 탐욕의 은밀한 결탁, 야합의 끝은 '함께 죽기'였다.

호모 인섹투스 (Homo Insectus)

토마토를 자르는데 날벌레가 날아든다. 하루살이인지 초파리인지 이름도 모르는 눈곱만한 그것을 반사적으로 해치워 버린다. 생명이고 살생이고 가책이고 자비고 생각할 겨를도 없이 손바닥이 찰싹, 허공에서 마주친다.

손바닥 사이에 까맣게 묻어난 잔흔을 씻어내며 방금 내가 한 짓을 생각한다. 눈앞에 잠시 알짱거렸을 뿐 시끄러운 소음을 발사한 것도, 내 토마토를 빼앗아 먹은 것도, 물고 쏘고 해코지한 것도 아닌데 혼내지도 않고 쫓아내지도 않고 존재 자체를 지워 버렸다. 태고 때부터 면면히 이어온 목숨줄 하나를 내 손바닥들이 끝장내 버린 거다. 천 번 만 번 죄를 짓고, 천 번 만 번 용서를 구하는 인간이!

씨앗 하나 버리는 일에도 편치 않아 하는 내가 왜 유독 벌레에 대해서는 이유 없는 적개심으로 눈에 불을 켜는가. 벌레가 무서운가? 더러운가? 징그러운가? 무섭기도 하고 더럽기도 하고 징그럽기도 한가? 그런 것 같다. 이유도 근거도 목적도 없지만, 왠지 그냥 무조건 싫다.

일테면 방금 모기에게 물렸거나 파리가 내 밥그릇을 핥았다 하자. 산이 거기 있어 산에 오르듯 먹이가 거기 있어 입질을 했을 뿐, 산길에서 잘 익은 산딸기를 발견하고 입에 넣는 나보다 죽을죄를 지은 건 아니지 않은가. 산다는 건 영역싸움, 그가 내 영역을 침범했기에 벌을 받는 게 당연하다고? 과연 그럴까? 애초 그들의 영역이었던 곳을 뒤늦게 울타리를 치고 내치는 게 인간들 아닌가? 인간이 존재하지 않았을 때부터 그들은 그들끼리 잘 살았다. 그들이 우리에게 저만치 비키라거나 나가 달라거나, 기득권을 주장하며 무엇을 요구한 적이 있던가? 곤충은 인간 없이 살아도 인간은 사실 곤충 없이 못 산다. 과일도 꿀도 비단실도 다 그들의 공로를 갈취하고 쟁취한 장물들일 테니. 아쉬운 건 인간이지 그들이 아니란 말이다.

오늘날 지구상에서 가장 번식에 성공한 종족은 곤충, 즉 벌레들이다. 종류만 해도 수백만 종이 넘고 지구별에 서식하는 개미들의 무게만도 인간들의 총합보다 무거울 정도다. 곤충이 전체 동물군의 4분의 3이 넘을 만큼 종류나 개체수 증가에 성공할 수 있었던 이유 중 하나는 인간의 뇌리에 징그럽다는 생각을 심어 주어서 아닐까?

사람이 얼마나 독한 짐승인지 인간들의 서식지인 도시에서는 풀 한 포기 마음 놓고 뿌리내리지 못한다. 사자도 독수리도 근접 못 하는 인간의 울타리에, 아니 인간의 몸 안까지 파고들어 양분을 빨고 새끼를 싸지르는 게 벌레들 아닌가. 변태를 거듭하고 몸피를 줄이며 환경에 적응해 온 덕도 있겠으나 천적인 인간의 뇌 안에 극단적 편견과 적개심을 심어둠으로써 스스로를 기피하게 하는 방어전략 덕분이기도 할 것이다. '똥이 무서워 피하나 더러워 피하지.' 하는 시쳇말을 최고의 명심보감으로 유전자 깊이 새겨 넣고 자기 보위법으로 활용해 왔을 것이다. 내 손바닥 안의 날벌레처럼 운 없는 개체들의 희생이야 어쩌지 못한다 해도 종의 번성에는 기여했을 테니.

2021년 1월 현재, 유엔식량농업기구(UNFAO)에 의하면 기후변화와 팬데믹의 영향으로 기아 인구가 8억 1천만 명에 이를 거라 한다. 전체 인구 10명 가운데 1명꼴이 굶는 셈인데 하늘 위부터 바닷속까지 온갖 요리법을 개발하여 뒤져 먹는 잡식성 인간들이 아직까지도 곤충을 먹이로 채택하는 일을 꺼림칙해하는 것, 근거 없는 혐오감 때문 아닐까. 소 네 마리가 자동차 한 대와 맞먹는 온실가스를 배출하는 마당에 땅을 오염시키지도, 이산화탄소나 메탄가스를 내뱉지도 않고, 물도 다량으로 소비하지 않는 데다 번식력이 좋고 성장도 빨라 단위면적당 생산성이 높은 곤충들을 열외시키다니. 단백질과 칼슘 무기질이 많고 친환경적이어서 미래 식량으로 손색이 없는 그들에 인류가 아직껏 시큰둥해하는 이유는 〈설국열차〉에서 바퀴벌레로 만든 에너지 바를 꼬리칸 사람들만 먹는 이유와 비슷하게 맞아떨어진다. 포식과 피식의 먹이 구조에서 무조건적 혐오감만으로 피식을 면하고 철갑을 두른 듯 인간의 영역을 넘나드는 그들, 기발하고 탁월한 전략가들 아닌가.

인류 역사상 이 시대는 늙은이가 젊은이에게 배워야 하는 초유의 시대라고들 한다. 계급장이건 완장이건 다 내려놓고 배울 건 배워야 살아남는 시대다. 젊건 늙건 곤충에게도 배워야 할 일이 있으니 바로 이것, 이길 수 없는 상대에게 극혐의 DNA를 심어두어 위기를 모면하는 기피 전략이다. 자기가 낳은 자식에게 잡아먹히는 신화 속 주인공처럼 인간에 의해 탄생하였으나 언젠가는 인간을 넘어서고야 말 호모 로보티쿠스나 로보 사피엔스들, 순수혈통의 AI들까지 들고 일어나 언제 인류를 공격할지 알 수 없는 노릇 아닌가. 두뇌를 복제하고 감성을 탑재한 AI들이 지구를 제압하고 통치하려들 때를 대비해 인간 극혐 칩 같은 것을 은밀하게 탑재해둔다면 순혈 인간만으로 지구를 지키는 데 빛을 발하지 않을까. 온갖 것들을 잡아먹고 똥도 싸고 비린내도 풍기는 이상스러운 버러지들, 만나기만 하면 시끄럽게 쟁쟁대고 온갖 쓰레기들로 땅을 오염시키고도 모든 것들 위에 군림하려 드는 별종 생명체 호모 사피엔스, 아니 호모 인섹투스, 에잇 재수 없어, 퉤퉤……. 그렇게 학을 떼며 어디 멀리 소혹성 같은 데로 저들끼리 짐 싸서 휘어이 휘어이 떠나 버리게 하는 게 일론 머스크의 화성 이주계획보다 훨씬 나을 것 같다는 말이다.

깜냥대로

둘 다 물가에서 사는 새지만 왜가리와 고방오리는 생김새뿐 아니라 먹이 찾는 방법도 좀 다르다. S라인의 목을 살짝 비틀고 먼 곳을 바라보는 왜가리 한 마리, 어딘가 외롭고 고고해 보인다. 무리 지어 몰려다니지도, 시끄럽게 울어대지도 않는다. 물 한가운데 외다리로 서 있다 어쩌다 생각난 듯 먹이를 건져 올리는 폼이 먹고 사는 일에는 초연한 서생 같다.

반면에 고방오리는 부지런하고 생활력 강한 아주머니처럼 아들 손자 며느리 몰고 다니며 자발스럽게 자맥질을 한다. 매번 먹이를 잡아 올리는 것 같지는 않은데 싱크로나이즈 선수들처럼 짝 맞추어 재주넘기를 하기도 한다. 왜가리가 배곯아 죽지 않는 것과 쇠오리가 배불러 죽지 않는 것, 내겐 둘 다 신기해 보인다.

사람 사는 법도 마찬가지 아닐까. 생긴 대로, 타고난 대로, 깜냥

대로, 제 방식대로.

늪지 식물은 늪지에서 살고 고산식물은 고산에서 산다.

봄비 그치다

젖은 대지가 야음을 틈타 은닉해둔 싹들을 삐죽삐죽 내밀었다.
비 지나간 자리 연둣빛이 우북하다. 비가 다시 부슬부슬 뿌린다.
몸 밖의 빗물이 어떻게 몸 안에까지 스미고 번지는지 알 수는 없지
만, 몸은 젖지 않는데 마음이 먼저 젖는다. 젖은 마음밭 이랑에 뾰
조롬한 마늘 싹처럼 슬픔 한 포기 아슴아슴 돋는다. 이런저런 이유
로 잠시 적조했던 지인의 부음을 뒤늦게야 접하게 되어 미안함과
충격이 가시지 않는다.

슬픔은 수용성(水溶性), 눈물에도 녹고 빗물에도 녹는다. 테이블
위 커피잔에도 스멀스멀 번져든다. 분자구조가 가벼운 유기농 슬
픔들은 바이올린 선율에도 엉겨 붙는 것인지 어제 듣던 브람스가
오늘은 더 눅눅하다. 몸속 어디 불활성화된 기억들까지 빗소리의

삼투압에 끌려 나오시는가. 애도의 염(念)을 표하지 못하고 떠나보낸 이와의 시간들이 빛바랜 흑백영화의 스틸 컷 같은 잔상(殘像)으로, 롱테이크로 따라잡은 무성영화의 라스트 신으로, 오후 내내 나를 묵직한 침묵으로 가라앉힌다.

울음끝 긴 아이처럼 훌쩍거리던 하늘이 저녁답이 되니 조금씩 개어 간다. 세상의 온갖 슬픔들 걱정거리들 나쁜 기운들을 빗물로 흡착해 대지의 품으로 쓸어 내버리고서야 하늘은 다시 청명함을 되찾는가. 그럴지도 모르겠다. 생명 있는 것들의 몸 안팎에 눌어붙어 있는 칙칙하고 불순한 찌꺼기들을 말끔하게 씻어내려 버려야 세상 구석구석이 맑아지고 힘내어 다시들 심기일전할 것이므로.

해가 뜨면 오래 늙어 기우뚱 내려앉은 감나무 가지도 투실투실한 생살을 째고 꼬깃꼬깃 접힌 푸른 지전(紙錢)들을 주춤주춤 꺼내어 보일 것이다. 정수리에 붉은 피멍을 인 늦잠꾸러기 작약도 들뜬 흙더미를 부스스 헤집고 겸연쩍은 듯 슬그머니 솟아오를 것이다. 저물어가는 바깥을 내다보며 소멸하는 슬픔들을 그윽하게 배웅한다. 그렇게 다시금 생의 농도를 맞춘다.

암투(暗鬪)

물 마른 계곡, 드러난 뿌리를 보고서야 알았다

흔연스레 가지를 흔들며

어깨를 겯고 있는 나무들

보이지 않는 땅속에서는 얼마나 치열하게 영역 다툼을 하고 있

는지

더 먼저 더 많이 물을 길어 올려

더 높은, 더 넓은 하늘 선점하려고

우툴두툴한 살갗 무수한 숨구멍 벌름거리며

물 냄새 찾아 메마른 흙 더트며 은밀하게 발을 뻗는 지하 세계

의 파충류들

천진한 꽃들은 알지 못한다

피 한 방울 없이 목소리 죽이고

햇살 한 줌 안 드는 암흑가 어둠 속에서
목숨 걸고 싸워야 하는 뿌리들의 저 얼키설키한 잔혹사를

세상이 뒤집혀도 해 아래 노출되지 말아야 할 것들이 있다
식물의 뿌리, 동물의 내장, 천륜을 어긴 치정사건 같은 것,
정치꾼들 음흉한 속내 같은 것
그런 것들은 끝끝내 묻혀 있어야 한다
죽은 듯 숨어들어 흔적조차 내보이지 말아야 한다
드러나면 시끌시끌 막장의 냄새나 풍겨낼 뿐이므로

얼굴 붉히면 지는 거야
초조함도 다급함도 들켜선 안 돼
꼿꼿한 턱 들어 사납게 물어뜯는 칠점사가 아니라 능구렁이처럼 은밀해야 해
꼬이고 엉키고 밀쳐내는 각축전은 어두운 지하 세상의 일
해 아래선 평화를 외쳐야만 해
아무도 눈치채지 못하게 푸르게 한들거려야 해
그것이 숲의 율법, 게임의 법칙이거든

무리 지어 야산 어슬렁거리던 짐승들
골짜기 학교 훈수 귀담아들었는지

독침벌레 쐐기나방 꾸깃꾸깃 뱃속에 욱여넣고서
함께 손잡고 숲을 이루어야 한다고
그래야만 산이 살아난다고
살균된 미소로 허허실실
입꼬리 올려붙이고 있다
발가락 꿈틀거리고 있다

시계 무덤

　무덤이라도 만들어 주어야겠다.

　잠들어 버린 시계를 보며 그런 생각을 했다. 그렇게라도 해주어야 할 것 같았다. 조침문(弔針文)을 지어 부러진 바늘을 애도했던 옛사람의 마음을 알 것 같았다.

　이렁저렁 25년을 함께 한 시계였다. 조짐이 아주 없었던 것도 아니었다. 시간을 관장하는 기계도 시간의 위력은 어쩔 수 없었던지 걸음이 점차 굼떠지더니 안 하던 태업을 하기도 했다. 가죽 줄이 낡아 몇 번인가 새 줄로 갈아 끼우고 전지를 교환해 넣기도 했지만, 이번 참사는 예상치 못했다. 택시 안에서 시간을 고치려다 헐거워진 태엽이 빠져 좌석 아래로 굴러가 버렸는데 수수알만큼이나 작은 그것이 종적 없이 숨어 버려 내릴 때까지 찾지를 못한 것이다. 총상을 입은 듯 휑뎅그렁하게 뚫려 버린 옆구리에 아쉬움보다 미안함이 더 크다. 훼손된 시신을 염도 못하고 떠나보내는 심정으로 죽은 시계를 멍하니 내려다본다.

시계는 내게 시간을 확인하는 도구만은 아니었다. 고인 물 같은 내 시간들을 바깥으로 방출해 내는 장치 같은 거였다. 전장에 나가는 장수가 칼을 챙기듯 외출할 때마다 시계를 챙겼다. 손목 위에 시계가 얹혀 있지 않으면 나도 모르게 허둥대곤 했다. 다른 차를 아무리 마셔도 커피를 마시지 않으면 안정을 못 찾고 안절부절못하듯이 시계라는 '부적'을 장착하지 않고는 현관 밖으로 나서지지가 않았다.

서랍장 안에는 이것 말고 시계가 몇 개 더 있기는 하다. 출가한 딸애가 남기고 간 것도 있고 기념일에 선물로 받은 것들도 있다. 그런데도 유독 이 하나만 편애했다. 연한 베이지색 스티치가 위아래로 가늘게 박힌 갈색 가죽 줄이 금장을 두른 얼굴과 어울려, 티 안 나는 고급스러움으로 내 취향을 저격했다. 다른 것들은 졸지에 찬밥신세였다. 사물에게도 감정이 있다면 질투심 때문에 다들 폭발해 버렸거나 자존심이 상해 가출해 버렸을 것이다. 외모도 스펙도 가문도 밀리지 않는데 같은 침상에 나란히 누워 간택을 받지 못하니 무심한 척 재깍거리면서도 속으론 얼마나 부글거렸을까.

만물이 다 존재의 이유가 있을 것이나 인간이 만들어낸 물건들은 일단 어디엔가 소용이 닿아서, 필요에 의해 만들어진다. 존재의 목적과 이유가 쓸모인 만큼 효용이 다하면 버려져도 그만이다. 그렇다 하여도 인간들은 너무나 쉽게 버린다. 쓸모가 다하기 전에 마음이 먼저 배신을 한다. '필요는 발명의 어머니'였던 시대에서 '발명이 필요의 어머니'인 시대로 바뀌어 버린 까닭에, 멀쩡한 휴대폰도 새 버전이 출시되면 미련 없이 팽개쳐진다. 모르고 살 때엔 전혀 불편하지 않았던 몇 가지 기능들이 없어서는 안 될 필수 아이템이 되어 이전 것들을 퇴물로 만들어 버린다. 쓸모에 앞서 아름다움 자체가 효용인 것들은 '싫증'이나 '변심'같은 이유 같지 않은 이유로 더 쉽게 버림을 받는다. 물건뿐 아니라 사람도 그렇다. 만남과 헤어짐, 살고 죽음이 다반사여서 장례식장에서조차 슬픔의 향기가 묻어나지 않는다. 멀건 육개장 한 대접에 식은 전 접시 앞에 두고 술잔 몇 순배 주고받는 의례로 애도의 예는 건조하게 갈음된다. 만사가 흐름이고 스침일 뿐이라면, 함께 나눈 시간들, 주고받은 인연들이 그렇듯 하찮고 시시한 것이라면 사는 일의 진정성은 어디에 있는 것일까.

차마 쓰레기통에 던져 넣을 수 없는 그를 어디에 묻어 주어야하나. 뜰도 마당도 없는 공중살이라 오후 내내 머릿속이 공회전을 한다. 자주 걷는 한강 산책길이나 앞산 어디 큰 나무 밑에라도……. 이쪽저쪽 깜박이를 넣어 보지만 냉큼 시동이 걸리진 않는다. 일생 내 팔에 살을 대고 살았으니 그 또한 내 냄새가 그리울 것이다. 내처 두었다가 주인과 함께 묻히는 것이 최상의 대접이 될 듯은 하지만 매장(埋葬)보다 화장(火葬)이 보편화된 세상이니 그 또한 기대할 수 없을 것이다. 생각 끝에 바깥 베란다 배롱나무 큰 화분 밑에 일단 안장해 주기로 했다. 멈추어 버린 시계를 묻는다고 시간이 멈추지는 않을 테지만 창가에 앉아 차를 마시고 음악을 듣는 동안 나무 아래 혼곤히 잠들어 있을 그에, 그와 함께 순장(殉葬)된 내 젊은 날들에 마음은 자주 거슬러 오를 것이다.

한지에 곱게 싼 시계를 백자 접시에 올려두고 해토머리의 참흙을 한 삽 한 삽 떠낸다. 작은 돌멩이를 골라내고 뿌리가 상하지 않을 깊이로 길고 깊게 파 들어간다. 시간을 놓아 버린 시계가 시간 없는 세상에서 영면하기를 기도하며 시계를 눕히고 상토를 덮는다. 잠이 깊어지고 꿈조차 몽롱해져 다시는 시간에 붙들리지 않기를 가만가만한 손길로 빌어 보지만 어느 날 문득 새끼개미 몇 마리라도 화분 흙 사이로 알짱거리면 나는 그게 시계의 혼이라고, 시계 속에 갇힌 시간의 입자들이 생명을 얻어 부활하는 거라고, 부득부득 우기게 될지 모르겠다. 붉은 울음 멍울멍울한 배롱나무 꽃가지가 바람에 가만히 흔들거리면 흘러 버린 시간과 남아 있는 시간을 헤아려보며 멍때리는 날들이 많아질지도 모르겠다.

아울렛

　나앉은 것들 모두 정상이 아니다. 정상인지 아닌지는 시간이 판별한다. 주름살 감추고 꼿꼿한 척 안간힘을 쓰고는 있지만, 화양연화(花樣年華)는 이미 지났다. 팔려야 할 때 팔리지 못하면 재고상품 이월상품 딱지를 달고 변방으로 밀려나야만 한다. 사람도 물건도 앉은자리가 가치를 정하는 세상, 이미 낮아진 몸값이 한물간 퇴기처럼 만만해 보이는지 이 사람 저 사람이 들었다 놨다 입었다 벗었다 이리 보고 저리 보면서도 냉큼 데려가 주지도 않는다.

　삼십 년 넘게 한 자리에서 정년을 넘긴 친구도 지난가을에 결국 이월상품이 되었다. 땡처리되어 분리수거 될 뻔하다 몸값 할인하여 연장계약을 했다며 쓸쓸하게 웃는다. 늙음은 낡음, 오래된 것들은 들러리다. 모든 눈부신 것들을 누추하게 쇠락시켜 버리는 야멸

치고 무자비한 시간 속에서 그래도 현재를 버티어내게 하는 힘은 바래고 윤색된 과거의 기억, 무드셀라증후군 같은 '자뻑'의 힘 아닐까. 한때는 나도 꽤 괜찮았다는, 왜곡된 기억이라도 남아 있어야 남루한 오늘을 지탱할 수 있을 테니. 시간을 견디는 힘이 시간에서 나오듯 기운 빠진 이월상품을 일으켜 세우는 힘도 이월 딱지 이전의 자존감에서 나온다.

시간의 사리_(舍利)

달튼 게티(Dalton Ghetti)는 연필심 조각가다. 본업이 목수인 그는 면도날과 바늘, 사포 같은 간단한 연장만으로 작은 세상 위에 더 작은 세상을 만든다. 확대경을 들이대야 겨우 보일 만큼 미미한 그의 창작물들은 인간의 솜씨라 믿기지 않을 만큼 정교하고 섬세하다. 쓰다가 버려진 몽당연필 위에는 톱 단추 열쇠 체인 구두 망치 같은 사물들이나 기린 교회 알파벳 사람 얼굴 같은 형상들이 아슬아슬 얹혀 있다.

고단한 낮시간을 내려놓고 그는 조용히 문을 닫아건다. 마주하고 있는 것은 몽당연필 한 자루, 그 안의 검은 연필심뿐이다. 어쩌면 그가 대면하고 있는 것은 작은 연필심이 아니라 제 안에 옹송그리고 있는 컴컴하고 모호한 짐승 한 마리, 거대한 실존적 고독일지 모른다. 핏줄을 타고 손가락 끝으로 방사되어 나오는 어둠의 입자들이 연필심 안으로 빨려 들어가 다양한 미니어처로 형상화된다. 연필심 하나를 수개월 동안 들여다봐야 할 만큼 인내와 집중을 요하는 작업이기도 하지만 작업 과정을 누구에게 보여주지는 않는다. 지극히 사적인, 오로지 자신만을 위한 몰입의 시간을 은밀하고 귀하게 누리며 즐길 뿐.

죽어 있는 물상에 혼을 불어넣고 상상을 현실화시킨다는 점에서 신과 예술가는 동일선상에 있다. 창작의 동력이 외로움이라는 점도 비슷할 것이다. 외롭지 않았다면 하느님도 천지를 만들지 않으셨을 테니. 주목받지 못하고 버려진 것들, 하찮고 사소한 것들과의 교감이 일견 자폐적으로 보이기도 하지만 그에게는 그것이 세상과 자아를 소통시키는 봉창 같은 것이다. 실제 그는 9.11 테러에 희생당한 사람들을 위해 쌀알만 한 연필심으로 희생자 한 명당 눈물 한 방울씩, 10년 동안 3,000개의 눈물을 만들어 추모하기도 했다. 쿵쾅거리는 자신의 심장 소리조차 방해로 느껴진다는 그는 깊게 숨을 들이쉬고 날숨에서만 연필심을 깎기도 하는데 실수로 부러진 심들도 함부로 버리지 않는다. 버려진 것들도 영원을 꿈꾼다는 사실을 이미 알아 버렸으므로.

우연히 맞닥뜨린 유튜브 속 몽당연필들이 눈길을 오래 사로잡는다. 얼마나 오래 공을 들여야 버림받은 것들의 마음을 얻을까. 얼마나 치열하게 눈싸움을 해야 입 닫은 것들이 빗장을 풀고 속내를 순순히 드러내 보일까. 작고 보잘것없는 것들에 대한 연민, 예배이면서 구도(求道)이기도 한 작업 과정이 이런저런 생각으로 터덕거리고 있는 내 글쓰기를 돌아보게 한다. 과정이 즐거워서, 쓰는 동안 바깥을 잊을 수 있어서, 그것이 세상과 무관하게 시간을 견디는 방편이어서, 또는 세상에 개입하고 세상과 교감하는 방식이기도 하여서, 글도 그렇게 써져야 한다. 성취에 연연하며 좌고우면하는 대신 바늘로 우물 파듯 미련스레 천착해야만 한다. 좌절하거나 자만하지 말고 묵묵하게 밀고 나가야 한다.

이분법적 사고에 익숙한 사람들은 빛과 어둠, 남자와 여자, 목적과 과정, 순간과 영원처럼 짝을 이루는 개념이나 대상들을 대척점에 떨어뜨려 두기를 좋아한다. 사람들은 자주 잊는 것 같다. 어둠이란 빛의 반대가 아닌 빛의 부재 상태이고 남자와 여자는 대립이 아닌 상보(相補)적 존재이며 삶은 목적이 아닌 과정 자체임을. 키 작은 연필들이 묵언으로 설법한다. 시시한 것들에 마음을 포개는 일이 도(道)의 시작이라면 컴컴한 내면에 미분화된 채 응어리져 있는 말들을 바깥으로 날아오르게 해주는 일도 수행(修行)의 한 방편일 거라고. 과정에의 몰두와 도취야말로 최고의 법열(法悅)이고 니르바나라고.

소란하게 흐르는 바깥의 시간들은 종적 없이 미끄러져 휘발되어 버리지만 집중하는 시간은 흐르지 않고 고여 기어이 옹골찬 물질성을 획득한다.

반짝임

    반짝임이란 닿을 수 없는 것들의 언어다. 언어가 다른 종족에게, 아직 말문을 트지 못한 대상에게, 사물들은 또는 타자들은 눈부심이나 설렘 같은 모호한 에너지를 방사하면서 가까이 더 가까이 다가서고 싶도록 잠재된 욕망을 충동질한다. 욕망은 대상을 반짝이게 하지만 손은 그 반짝임을 지운다.

시식 코너

이쑤시개에 꽂힌 물만두를 엉겁결에 받아들고 우물거리는 여자를 판매원이 놓칠세라 집중 공략한다. 한 개 뚝딱 찍어 꼬마 입에 밀어 넣은 배불뚝이 아저씨가 그 사이를 틈타 한꺼번에 몇 개를 꽂아 들고서 떡갈비 코너로 잽싸게 이동한다. 안면에 철판 두어 장만 깔면 매장 한 바퀴 휘도는 일로 한 끼를 얼추 때울 수도 있다. 코로나 전, 대형 마트 풍경이 그랬다.

인터넷 세상에도 시식(詩食) 코너는 널려 있다. 한 끼 밥값도 안 되는 시집 값이 아까워 공짜 시들이 눈에 띄면 널름 뚝딱 주워 삼킨다. 이름만 넣어도 덩굴째 따라 나오는 시인들의 좌판에는 신은 죽었어도 시는 죽지 않았다고 믿는 그네들의 소출이 시든 배추처럼 무더기로 쌓여 있다. 발품을 팔고 카트를 밀거나 얼굴에 철판을 두르지 않고도 손가락 몇 개만 까딱거리면 아쉬운 대로 허기는 면

할 수 있는데 누가 선뜻 주머니를 털까.

시인은 See-in. 사람과 사물의 안쪽을 깊이 들여다보는 운명을 타고난, 신과 내통하는 종족들이다. 세상 밖을 휘돌지 않고 컴컴한 안만 들여다보고 있으니 어찌 기름진 밥을 벌랴. 시를 팔아 밥을 살 계산이야 애초 하지 않았다 하여도 시인이라고 이슬만 먹고 사는 짐승은 아닌데, 신은 죽어도 시인은 살아야 시식으로 배 채우는 우리도 숨통이라도 트고 살아갈 텐데.

하긴 그렇게 시식 코너에 번듯이 나앉을 수만 있어도, 대가 없이 자주 시식당할 수만 있어도 성공한 시인 축에 속한다고, 스무 해 가까이 시를 끼적여 온 시인 친구가 푸념을 한다. 수필집은 돈 주고 사는 것이 아닌 공으로 날아드는 것이라 믿는 수필판 사정도 마찬가지다. 그나마 마음을 내어 기꺼이 책을 내준 출판사들에 별스러운 도움도 되지 못한 채 번번이 강판을 당하고 나서야 페이스북 한 귀퉁이에 궁색한 시식 좌판을 차렸다. 종이책이 저물어가는 시대, 쓸쓸하고 쓸쓸한 세상이지만 들숨 날숨 함께 쉬며 한바탕 느긋이 놀다나 가자고. 비대면이 대면보다 확장성이 큰 시대, 시식당하는 것도 홍복이라고. 소문난 맛집은 아닐지언정 눈치 보지 말고 배불리 드시라고.

길

소들이 수레를 끌고 간다.

온갖 잡동사니가 가득 실린 수레의 무게에 소들이 신음한다. 수레 속 물목은 저마다 다르지만 짐의 부피는 비슷해 보인다. 저마다의 짐을 싣고 저마다의 생각에 빠진 소들이 저마다의 보폭으로 꾸역꾸역 걸어간다.

앞에 가는 소가 허연 김을 내뿜는다. 뒤따르는 소도 비척거린다. 왜 하필 내 수레에 그게 실렸을까. 그것만 아니면 수월할 텐데. 왜 나한테만 세상이 불공평할까. 내 짐이 제일 무거운 것 같아. 음메 음메 아우성들을 친다. 어떤 소는 울퉁불퉁한 길을, 어떤 소는 삐걱이는 수레를, 어떤 소는 무거운 짐짝을 탓하느라 세상 어디에도 웃는 소는 없다. 수레는 낡고 길은 험하고 날은 저물고 쉴 곳은 멀다.

소들이 지나간 길 위에 수레바퀴 자국이 남는다. 바퀴 자국은 잠시 선명하게 보이다가 다음 수레에 이내 지워져 버린다. 소도 짐도 기억되지 않고 그렇게 다져진 길들만 모퉁이를 돌아 아득하게 이어진다.

흐름만 있고 물방울은 없는 강물처럼 개개의 사소함은 역사의 도저함에 묻혀 버리지만 그 총체적 사소함의 힘으로 세상은 한 발짝 앞으로 나아간다. 살다 보면 알게 된다. 타고 남은 재가 기름이 된다는 것을. 눈물과 한숨과 좌절과 고통의 엔트로피가 다음 걸음을 위한 연료이고 동력일 수 있다는 것을.

겉바속촉

골목 중간쯤에 내가 좋아하는 프랑스 빵집이 있다. 슬리퍼 차림으로 걸어갈 만한 거리에 맛있는 단골 빵집이 있다는 것, 복 받은 일이다. 흰 모자를 쓴 셰프들이 한 김 식힌 빵을 가득 얹은 트롤리를 끌고 와 집게로 조심스레 진열하는 걸 보며 갓 구운 빵 냄새와 함께 내일 아침 빵을 고르는 일, 일상의 사소한 즐거움 중 하나다.

곡물 바게트를 고르고 브리오슈와 크루아상도 하나씩 얹는다. 파리 여행 때 갓 나온 크루아상과 바게트를 사러 아침 일찍 길을 건너던 일이 행복한 기억으로 남아 있는데 이 집의 시그니처라 할 수 있는 크루아상도 파리의 빵 맛에 뒤지지 않는다.

계산을 마치고 크루아상을 따로 담아 뜨거운 아메리카노와 함께 가게 한 켠에 놓인 몇 안 되는 테이블에 앉는다. 오가는 사람들을 바라보며 천천히 빵을 뜯고 커피를 마시노라면 자발적 고독을 향유하는 수더분한 동네 여자가 된 것 같아 은근 뿌듯하기도 하다. 하얀 탁자와 셔츠 앞자락에 마른 나뭇결 같은 빵 부스러기가 바스스 떨어진다. 뭐 별수 없지. 턱받이를 하고 먹을 수도 없으니. 겉은 바삭하고 속은 촉촉한, '겉바속촉'이 이 빵의 진리니까.

치킨이나 돈가스, 멘보샤처럼 튀긴 음식뿐 아니라 빵도 나는 겉바속촉이 좋다. 입안으로 진입할 때 와사삭하고 부서져 내리는 소리가 영혼의 한 귀퉁이가 허물어지는 듯 증폭되어 미묘한 쾌감을 불러일으킨다. 소리도 때론 약이 되는 것이어서 요즘 이런 ASMR(자율감각쾌락반응) 유튜브 같은 걸로 멍때리며 위로를 받는 영혼들도 꽤 있는 모양이다. 미각으로 치환된 소리가 부드럽고 촉촉한 빵의 속살과 뜨거운 커피까지 콜라보를 이루며 완성시키는 식감으로 오후 한때 망중한(忙中閑)이 선물처럼 포근하다.

살짝 식은 커피로 입가심을 하며 나는 어쩌면 빵이나 치킨뿐 아니라 사람도 겉바속촉을 좋아하는 것 같다는 생각을 한다. 처음부터 착해 보이거나 말랑해 보이기보다는 다소 차갑고 새침해 보이거나 옷자락 어디에 서늘한 반항의 냄새를 풍기는 사람에게 더 자주 끌리는 것 같다. 속까지 까칠하거나 냉한 사람은 물론 사절이지만.

갑각류처럼 껍질이 단단한 것, 뼈대를 바깥에 드러내놓은 것들은 대체로 상처받기 쉬운 속살을 지녔다. 상처받지 않으려고, 연하고 부드럽고 다치기 쉬운 제 안을 보호하기 위한 방어 모드로 외피를 더욱더 강화하게 되었을지 모른다. 한 꺼풀만 벗으면 무르고 약한 속내가 금세 드러나 힘센 것들로부터 공격받을 것 같아서, 제 연약함을 들키지 않으려고 단단한 패각이나 껍질 같은 것으로 위장을 하며 속내를 감싸 안고 있을 것이다.

출연자들에게 언제 사람이 좋아지는가에 대해 질문을 하는 TV 프로그램을 본 적이 있다. 다른 대답은 잊었지만 반전의 순간 매혹을 느낀다는 누군가의 말이 기억에 남는다. 기품 있고 우아해서 클래식만 좋아할 것 같던 사람이 노래방에 가서는 뽕짝을 구성지게 불러 젖힐 때 갑자기 그 사람이 좋아지기도 하고 테플론 코팅을 두른 듯한 사람이 허술한 한방에 힘없이 무장해제 될 때 인간미가 느껴진다는 것이다. 그럴 법하다. 무섭고 뚝뚝하여 바늘로 찔러도 피 한 방울 안 날 것 같은 사람이 입꼬리를 올리며 나에게만 살짝 웃어 주었을 때, 그 돌연한 귀여움에 하마터면 흐물흐물 녹아 버릴 뻔한 적도 있었으니까.

단단한 외피를 벗어 버리고 연하고 부드럽고 말랑말랑한 내부, 감추어진 영혼의 속살을 드러내며 마음 맞는 사람끼리 공감하고 소통하는 광장 같은 사랑방은 오프라인보다는 온라인 세상에 더 많이 숨어 있는 것 같다. 얼굴을 마주 보고 악수를 나눈 적은 없어도 우연히 지나다 빵 냄새에 취해 들어온 사람끼리 구시렁구시렁 속말을 주고받고 영혼의 닭고기 수프도 함께 나누는 페북 베이커리, 하여 '사람은 다 다르다'에서 '사람은 다 거기서 거기'로 가는, 강의 하구(河口) 같은 넓은 세상 말이다.

손에 묻은 기름기를 종이 냅킨에 닦고 셔츠 앞섶도 살살 털며 빵 봉지를 챙겨 들고 일어선다. 빵 한 개, 커피 한 잔으로 행복해지는 시간, 행복 참 별거 아니다.

털

산

오리털 점퍼와 구스다운 패딩들이 매대마다 빵빵하게 늘어서 있다. 긴 것, 짧은 것, 얇은 것, 두터운 것, 털이 달린 것, 안 달린 것……. 처진 눈이 간만에 휘둥그레졌다. 털 다 뜯기고 오들오들 떨던, 화면 속 오리들의 아우성이 포근한 침묵으로 누벼져 쌓여 있다.

하느님은 어쩌자고 이 추운 행성에 털도 비늘도 갈기도 없는 짐승을 민숭민숭 발가벗겨 내려보내셨을까. 마무리가 덜 된 미완성품인 채 막바지에 출시한 골칫덩어리 인간, 리콜을 하자니 성가시고 'made in heaven'의 존엄에도 먹칠이 될 것 같아 먹이건 입성이건 재주껏 약탈해 살아남으라고 온갖 횡포를 눈감아주시는가.

인간이 강아지나 고양이 같은 털복숭이들을 뱀이나 곤충보다 애완하는 이유가 잃어버린 털에 대한 향수 때문이라는 주장이 있다. 남자들이 긴 머리 여자를 좋아하는 이유나 여자들이 멋진 구레나룻에 끌리는 이유도 털에 대한 동경 때문이라나. 여우털 풍성한 가죽 재킷이나 윤기 반지르르한 밍크코트를 선호하는 까닭이 보온성 때문만은 아닐 것이다.

털을 잃지 않았다면 옷도 필요 없었겠지만 털을 잃음으로 문화적 진보가 촉발되었을 거라는 추정은 어느 정도 설득력이 있다. 인간이 지상에서 가장 오래 달리는 동물이 될 수 있었던 것도 털이 없어서라지 않나. 고성능 컴퓨터의 하드웨어나 차체를 끌고 가는 엔진은 과열되기 쉽지만, 털이 없는 인간은 뇌와 근육을 끊임없이 사용해도 살갗에 장착된 땀샘 덕분에 엄청난 냉각 효과를 발휘한다고 한다. 그런데 왜 하필 과열되기 쉬운 머리통에만 털을 남겨둔 것인지, 왜 여자에겐 수염이 없는지, 나이 들면 왜 털 색깔이 변하는지, 내 몸에 나 있는 털 오라기 하나 제대로 아는 게 없구나.

산책할 때 입을 가벼운 패딩이나 하나 살까 들어갔다 '득템'을 못하고 되돌아 나왔다. 따뜻하긴 하겠지만 빵빵하고 굼떠 보여 굼벵이처럼 굴러갈 것 같았다. 가게 문을 닫고 나와 신호대기 앞에 서니 몸도 마음도 꽁꽁 얼어붙은 겨울왕국 살얼음판을 남의 털 뽑아 내 몸 덥히는 애벌레 인간들이 꿈틀꿈틀, 꾸웩꾸웩, 을씨년스럽게 건너고 있다.

생명의 소리

1

　가늘고 섬세한 치어(稚魚) 한 마리가 은빛으로 화들짝 꼬리를
홰치고 허공으로 날렵하게 승천해 버린다. 산부인과 병동 특유의
긴장과 침묵이 이제 막 산도를 빠져나온 날쌔고 쩡쩡한 햇 울음에
의해 삽시간에 훼손되어 버린다. 하루에도 몇 차례씩 신생아의 성
마른 울음소리가 입원실 복도 끝 수술방에서 울려 나온다. 마치 저
위대한 신이 지상으로 인간을 내려보낼 때 공평하게 딸려 보내는
최초의 예물인 양, 빈손 맨발로 당도하는 아기마다 벌거벗은 몸뚱
이 안에 울음소리 한 줄기는 지참하고 나온다. 보라, 여기 또 하나
의 생명이 지구별에 막 당도하였노라 하는, 천상의 신성한 팡파르
같은 것일까. 살다가 살다가 복장이 터질 만큼 슬프고 답답할 때

고수레하듯 꺼이꺼이, 허공에 던져 넣으라는 삼신할미의 애틋한 부적일까. 신생아의 첫 울음소리인 고고성(呱呱聲)에 울 고(呱) 자가 두 번이나 겹쳐지는 이유를 응애응애 응애응애 하는, 리드미컬한 두 박자의 운율 속에서 나는 뒤늦게야 깨달아 알았다.

2

둥글게 부푼 임산부의 배 위에 아침마다 간호사는 초음파 기기를 조심스럽게 갖다 댄다. 쿵쾅쿵쾅 쿵쾅쿵쾅……. 아직 만나지 못한 미지의 존재가 생명의 기미를 소리로 전해 온다. 체리만 한 심장이 저렇듯 규칙적인 심음을 생산하느라 얼마나 안간힘쓰며 팔딱이고 있을까. 라일락이 지던 지난봄까지는 어디에도 존재하지 않았던 소리, 소리의 연원은 대체 어디일까. 우주의 첫 문이 열리던 개벽의 순간에, 경천동지하던 빅뱅(Big Bang)이 모든 소리의 원류이려나. 그때의 별 부스러기와 잔흔들이, 지수화풍(地水火風)의 원소들이 모든 존재의 원료인 것처럼 소리도 그렇게 어디 먼 별, 먼지바람 사이에 강고한 침묵으로 얼어붙어 있다가 피와 살에 엉겨 붙어 오는가.

하이데거는 언어가 존재의 집이라 하였지만 나는 존재가 언어, 아니 소리의 집 같다. 존재란 알고 보면 소리의 껍데기들 아니면 소리의 집적물들 아닌가. 매미는 매미대로, 새는 새대로, 고양이는 고양이대로, 제각각의 소리들이 은신하고 있고, 얼핏 죽어 있는 듯 보이는 것들도 두드려 소리 나지 않는 게 없으니. 인간들이 밤낮없이 지저귀는 것도 제 안에 서식하는 소리의 유충들을 언어로 치환해 발화해내는 일이 생명체의 책무이기 때문일지 모른다. 침묵과 침묵 사이의 파동, 가청음역의 주파수 같은 것이 우리네 삶 같기도 하니.

3

생명(生命)이라는 한자의 뒤 글자, 목숨 명(命) 안에 두드릴 고(叩)가 들어 있다는 것, 생각하면 참으로 의미심장하다. 생명은 파동이다. 진동하는 에너지다. 진동하지 않으면 목숨은 끝난다. 끝없이 두드려 생명의 파동을 불러일으켜야, 심장이 쿵쾅쿵쾅 파닥거려야 몸이 움직거리고 목숨이 유지된다. 그러므로 '生命'이란 살아서 두드리는 것, 두근두근 팔딱팔딱 뛰어야 하는 것이다.

그런데 정말, 양자역학도 파동에너지도 몰랐던 옛사람들이 목숨의 원리를 어찌 꿰뚫어 촌철살인의 제자(制字)를 해냈던 걸까. 지혜란 돋쳐 오르는 빛과 같아서 깜깜한 밤의 어둠 속에서 더 선연히 출력되는 것인가. 쓰잘머리 없는 지식과 정보들로 대낮처럼 밝아져 버린 요즘, 차고 맑은 별빛 같은 예지와 영감(靈感)이 그립다.

바퀴 앞에서

아침에 내린 커피를 뜨거운 물로 희석해 저녁답에 연신 마셔댄 까닭에 새벽까지 잠을 설치고 말았다. 오후에는 커피를 참아야 하는데도 치매 아닌가 싶을 정도로 마실 때마다 깜박 잊는다. 오전에 은행에 들러야 하고 오후에도 중요한 숙제가 있는데. 청신한 공기로 정신부터 차리자 싶어 무거운 눈꺼풀로 강변으로 향한다. 바람 끝은 여전히 매서웠으나 안 그러면 종일 처질 것 같아서.

부러진 발가락으로 구구거리는 비둘기들, 야윈 가지 사이로 질주하는 바람, 간질거리는 가지 끝에 간당간당 매달려 있는 마른 잎 하나, 마디마디 기다란 환형동물처럼 다리 위로 느리게 사라지는 전동차, 후드티를 입고 빠르게 곁을 스치는 젊은이, 돌고 돌면서 부지런히 길을 밀어내는 자전거의 저 은빛 바퀴들…… 지구의 아침을 들어 올리는, 각양각색의 기중기들이 눈부시다. 그래, 아침이 그냥 오는 게 아니구나. 모두가 제 자리에서 제 방식대로, 애써 울력에 동참하고 있구나.

　내가 뱉는 숨 하나가 다른 사람이 들이켜는 숨이 되기에 숨 쉬는 것조차 조심스럽다던 사람이 생각난다. '뭘 그리 심각하게……'라고 흘려들었던 말을 요즘 다시 떠올리곤 한다. 코로나로 인한 팬데믹 상황에서 그의 말은 이제 은유가 아닌 직설로 들린다. 함께 숨 쉬는 일조차 무서워진 세상, 세상은 그렇게 연결되어 있다. 한 사람 한 사람 쉬지 않고 걷는 걸음걸음이 지구를 돌리는 동력일 듯싶은데, 자칫 멈추어 설지도 모르는 지구를 위해 나는 지금 무엇을 하고 있는가. 잔디밭 위에 멈추어 선 바퀴 조형물 하나가 무심한 걸음을 잠시 붙잡는다.
　사는 일에 푯대를 세운 적은 없어도 내가 오기 전보다는 눈곱만큼이라도 더 나은 세상이 되기를, 내 체온으로 주변의 냉기가 잠시라도 조금 가셔지기를, 그런 마음으로 살고자 했음에도 관계보다는 수신(修身)에 방점을 두는 좁아터진 내 성향 때문에 여태껏 내 안위에나 급급하며 살았다. 한 사람 한 사람이 제각기 자기 자리에서 충일하게 살아내는 일이 전체 세상을 나아지게 할 거라는 소신에는 변함이 없지만, 지구별의 평화로운 아침을 위해 내 자리에서 내 방식대로 낼 수 있는 울력이 무엇일지도 생각해 봐야 할 것 같다. 밭두렁 청둥호박만큼도 푸근하게 늙는 일조차 쉽지 않을 성싶은데, 대안도 없이 꾸역꾸역 발걸음만 느려진다.

오독(誤讀)의 시간

내 몸에 수분이 부족하다는 신호를 나는 가끔 커피나 맥주로 오독한다. 목이 마른데, 물을 마셔야 하는데, 커피나 맥주를 마시고 갈증이 일시 해결되었다고 믿는다. 잠깐 활력은 찾겠지만 이뇨작용을 촉진해 수분은 더더욱 탈취당하는데도.

습관적으로 여자를 찾는 남자들의 심리도 비슷할 것 같다. 정신의 허기, 영혼의 소양증을 육신의 갈급함으로 오인하고 말초적 자극으로 위안받으려 하는 것, 온갖 미투(me-too)와 성폭력 사건의 배후에 그런 오독이 있는 것 아닐까.

차 안에서 더듬으며 덤벼드는 남자에게 은교가 말한다.
"저한테…… 왜 이러는 거예요?"

가까스로 자신을 추스른 남자가 혼잣말처럼 이야기한다.

"외로워서야……."

구석 소파에 몸을 구겨 넣고 엎치락뒤치락 뒤엉키며 은교가 말한다.

"여고생이 왜 남자랑 자는지 아세요?"

"……."

"외로워서예요."

남녀가 뒤엉켜 으르렁거리는 것, 외로움 때문이란다. 육체와 육체가 교합을 해도 몸 안 깊은 곳에 숨어 사는 외로움은 서로서로 닿기가 어려운 법이어서 그렇게 기를 쓰고 격정적으로 치달아도 충일한 합일은 어려울 터이지만 물리적 결합으로 화학적 융합이 가능할지 모른다고, 그런 게 혹시 사랑일지 모른다고, 그렇게 속고 또 속아보는 것이다. 두 외로움이 어쩌다 극적으로 터치다운하는, 환각인 듯 짧게 스치는 극점, 그 신기루의 환상에 취해 몸 가진 것들이 헤매고 또 헤매는, 청춘이란 그런 오독의 시간 아닐까.

"모든 글 읽기는 오독이다."라고, 칼같이 단언한 사람이 폴 오스터였나? 작가를 떠난 글은 독자에게로 가서 완성되는 것인 만큼, 읽는 사람의 수준이나 경험치만큼 읽힐밖에 없으니 일견 맞는 말이긴 하다. 불특정 독자를 대상으로 하는 SNS 글쓰기의 즉각적인 피드백을 봐도 모든 독자가 제각각의 방식으로 글을 읽는다는 사실은 자명해 보인다. 글 읽기의 끝이 오독이라면 사랑의 시작 또한 착각 아닐까? 손을 내밀면 잡아 줄 거라는, 그 마음이 내 마음, 내 마음이 그 마음일 거라는 일말의 기대나 착각 없이 마음을 건넬 용기는 쉽지 않을 터이므로. 의미 없는 말에 의미를 부여하고 우연을 필연이라 우겨도 보며 그렇게 서로 얽어매지 않았던가.

오독과 착각의 순기능에 무담시 마음이 순해지는 봄날, 왜 그런지 자꾸 목이 마르다. 커피는 잠이 안 오고 맥주는 속이 아프니 맹물이나 정독(精讀)하듯 들이켜야 하나? 착각도 오독도 젊은 날의 권리일 터, 빼앗긴 들에 봄이 오건 말건 내 생애 봄날들이나 시시때때 소환해 오독오독 아껴가며 깨물어 볼밖에.

쓰레기별

마스크 대란이 시작된 게 언제였더라? 공적 마스크니, 마스크 5부제까지 하면서 약국 앞에 줄을 서던 기억이 새롭다. '이 또한 지나가리니'는 만고불변의 진리, 이제 어디서나 마스크를 쓰지 않은 사람은 찾아보기 드물게 되었다. 그런데도 대란은 진행 중이다. 사실 더 심해졌다. 쓸 마스크가 아니라 쓴 마스크가 문제다!

코로나 초기만 해도 인간이 멈추니 지구가 살아났다는 둥, 호들갑스러운 뉴스들이 일견 솔깃했다. 쓰레기와 미세먼지로 찌들어가던 지구가 모처럼 청량해지는가 싶어 맑아진 하늘을 올려다보기도 했다. 어쩌면 이 경계경보 같은 흉흉한 재앙이 아픈 지구를 쉬게 하려는 신의 한 수 아닐까 하고. 착각이었을까. 신의 계산 착오였을까. 지구는 여전히, 전보다 더 아프다.

미국 화학학회의 최근 발표에 의하면 코로나바이러스 감염증으로 인해 전 세계에서 버려지는 마스크가 매달 대략 1,290억 개 정도라 한다. 이미 세계인의 필수품이 되어 버린 마스크가 환경오염의 주범으로 등극해 버린 것이다. 아무렇게나 버려진 마스크 끈이 야생동물들에게 족쇄가 되고 해양생태계까지 위협받고 있다 하니 설상가상에 병상첨병(病上添病)인가.

비대면 언택트가 생활화되면서 생활 쓰레기도 폭탄 수준이다. 오프라인 마트에서 사야 할 물건들을 온라인으로 배송받다 보니 온갖 일회용품과 포장재들이 집집마다 넘쳐난다. 종이 박스는 그렇다 쳐도 내용물을 상하지 않게 하기 위한 아이스 팩이나 스티로폼, 각종 충전재와 플라스틱 같은 썩지 않는 쓰레기들이 더 문제다. 스스로는 불멸이면서 주변 세포를 궤멸시켜 숙주까지 죽이고 마는 암세포처럼 썩지 않는 이기심과 편의주의가 구석구석을 망가뜨리고 있다.

지상의 모든 동식물들, '메이드 인 헤븐'은 생명현상이 종료되면 순하게 썩어 자연으로 돌아간다. 오직 인간이 만든 것들만이 죽어서도 죽지 않는 부메랑이 되어 숨 탄 것들에게 상해를 입힌다. 마스크뿐 아니라 식탁에서 흔히 쓰는 물휴지 한 장도 100년이 지나도 썩지 않는다 하니 이미 중병이 들어 버린 지구를 어찌해야 하나. 우리까지는 그런대로 살다 간다 치자. 우리 아이들과 아이들의 아이들이, 내 예쁜 손자손녀들이 살아갈 세상을 어쩔 것인가.

도시 전체가 미학적 구조물 같은 유럽의 여러 나라를 여행할 때마다 늘 조금씩 배가 아팠다. 기름 한 방울 안 나는 나라에서 죽어라 공부해 힘들게 번 돈을 딴 나라 조상들의 유적 순례에 쓰고 있다니. 멋진 문화유산을 물려받아 공으로 누리는 그들은 얼마나 복된가. 죄 없는 조상들이 원망스러울 뻔했다. 헌데 지금 우리는 아직 태어나지도 않은 미래 세대에게 가장 무책임하고 파렴치한 조상으로, 양심도 의식도 없는 후안무치로 기억될지 모르겠다. 빌려 쓰는 집을 망가뜨리고 나 몰라라 내빼는 개념 없는 세입자는 되지 말아야 하는데 망가지고 썩어가는 쓰레기별을 물려주고 내 새끼들이 건강하기를, 병든 지구에서 병들지 않고 살기를, 어찌 바랄 수 있단 말이냐.

굴 한 마리가 한 시간에 걸러내는 바닷물 양이 5리터나 된다는 기사를 읽었다. 하찮은 조가비도 지구를 위해 정화작용을 하는데 인간인 나는 무엇을 하고 있나. 쓰레기를 생산하고 사용하는 구조적인 시스템이야 내 힘으로 어쩌지 못하겠지만 폐마스크의 끈을 잘라 버리는 일이나 박스를 개키고 우유병을 헹구고 아이스팩을 분류하는 작은 일이라도 지치지 않고 해야 할 것 같다. 굴 한 마리가 바다를 다 맑힐 수는 없지만 숨어 핀 꽃 한 송이가 무채색 겨울을 밀어내고 봄의 잭팟을 터뜨려 주기도 하니.

함께

꽃이 잘 보이고 싶은 대상은 사람이 아니다. 벌 나비다. 그렇지만 사람에게도 관심이 영 없는 것 같지는 않다. 그렇지 않다면야 왜 키 작은 꽃들은 위를 보고 피고 키 큰 나무의 꽃들은 아래로 가지를 늘어뜨려 사람을 향해 웃고 있단 말이냐. 우리나라 개나리나 서양의 브룸(Spanish Broom)처럼 사람들이 오가는 길가에서만 자라고 길가를 조금만 벗어나도 잘 자라지 않는 꽃들도 있다. 칭찬을 좋아하는 아이들처럼 인간의 찬사를 듣지 않으면 꽃 피울 의욕이 나지 않는, 꽃에도 그런 '관종'들이 있다.

하긴, 꽃이 사람을 향해 웃어도 사람이 좋아 웃는 건 아닐 것이다. 감정노동자들의 웃음이 제 목구멍 먹여 살리는 방편일 수 있듯 꽃도 스스로를 위해 피고 스스로를 위해 웃는다. 어쩌면 그들도 알고 있을 것이다. 오만하고 막돼먹은 말종이라 해도 어쨌거나 인간이 답이라는 것을. 인간의 눈에 들기만 하면 가시 찔레도 장미가 되고 털북숭이 멍멍이도 이빨 스케일링을 받을 수 있다는 사실을.

십 년도 넘게 우리 집 베란다에 상주하는 뱅갈고무나무가 있다. 열사를 방불케 하는 주상복합 아파트 베란다에서도 뜨거운 열기를 너끈히 견디고 살아남은 그였기에 이사할 때도 조심조심 모셔 왔다. 나무도 생각을 할 줄 아는지 이 집에 온 뒤로는 베란다 높이에 맞게 더 이상 키를 키우지 않고 옆으로만 풍성하게 가지를 뻗는다. 때맞추어 물을 주고 어깨에 올라앉은 무당벌레도 잡아 주며 십 년 세월을 함께했다. 내 인생의 육분의 일을 함께한 나무라니. 고백건대 남편과 마주 앉아 마신 커피보다 나무를 바라보며 마신 커피가 더 많을 것이다. 이토록 가까이서 서로를 돌아보며 한 공간에서 숨 쉬고 있는 그에게 나는 진즉 작위 하나를 봉해 주었다. 반려식물. 요즘에야 흔한 일반명사가 되었지만 내겐 진즉 고유명사였다.

길들이거나 축출하거나. 그것이 타 생명체를 다루는 인간의 방식이지만 인간만이 일방적 승자는 아니다. 길들이다가 오히려 길들여져 버리는, 시중을 들다가 시종이 되어 버리는 딱한 족속 또한 인간이기도 하니. 떠돌이 유인원을 붙박이 인간으로 눌러 앉힌 농작물들은 때 맞추어 물을 주고 해충을 잡아 주는 인간들 덕분에 안정적으로 번식해 왔다. 가축이라는 이름으로 순치된 짐승들도 인간의 호위를 받으며 지속적으로 개체수를 늘리고 있다. 세상에 공짜가 어디 있는가. 줄 것 주고받을 것 받으며 거래도 하고 보상도 받는 세상살이의 이치를 저들이 먼저 터득하여 꾀 많고 욕심 많은 잡식성 인간들을 이용하고 있는지도 모를 일이다.

진영 논리로 분열된 사회에 가위보다 바늘이 필요하듯이 더불어 사는 지구를 위해서도 정복보다는 상생, 경쟁보다는 협동이 절실해 보인다. 지구 역사상 최상위포식자는 반드시 멸종되었다는데 현명한 인류(Homo Sapiens)라 우쭐대는 대신 공생하는 인류(Homo symbious)로 상생의 호혜를 누리는 것이 공존을 위한 윤리적 대안 아닐까. 어떻게든 한 세상 살아내려 애쓰는, 너나없이 안쓰러운 목숨붙이들이니.

멍게문어

멍게 유충이 가지고 있는 뇌는 해면이나 산호보다 인간에 더 가깝다. 아득한 옛날 인간 조상이 지녔을 뇌의 모습이 이와 흡사할 거라고 과학자들은 말한다. 실제 어린 멍게들은 영양분이 있는 곳을 찾아내거나 위험한 곳을 피하기 위해 뇌를 사용한다. 그러다 어느 정도 성장을 하면, 바위나 배의 말뚝 같은, 안전하게 살만한 안식처를 발견해 정착을 하는데, 흘러가는 해류 속에서 안정적으로 영양분을 공급받게 된 멍게는 생존을 위해 더 이상 버둥거릴 필요가 없어져 결국 자기 뇌를 먹어 치워 버린다.

흉내문어는 변신의 귀재다. 넙치가 되었다 뱀이 되었다 쏠뱅이가 되었다 소라게가 되었다 제 마음대로 몸을 바꾼다. 바다의 트랜스포머라 할까. 모양과 색깔뿐 아니라 습성과 행동까지, 위장도 하고 흉내도 내며 변신놀이를 즐긴다. 먹잇감 앞에서는 약한 척 유인하고 센 놈이 다가오면 더 센 놈으로 과장하여 제법 으름장을 놓기도 한다. 열심히 하다 보면 잘하게 되고 잘하면 일도 놀이가 되는 법, 적이 없어도 혼자 변장 연습을 하며 제 재주에 도취해 즐길 줄도 안다. 살아남기 위해 축적된 생존기술이 스스로를 진화시켜 다른 층위의 삶으로 고양시키는 특단의 무기가 된 셈이다.

어렸을 때는 거기서 거기라 생각했던 친구들이 삼사십 년 다른 물에서 놀고 만나 보니 멍게로도 보이고 문어로도 보인다. 동물로 태어나 식물로 안주하는 삶이 궁극의 도(道)일 거라고 믿고 살아온 나는 문어보다는 멍게 쪽에 가까울 것이다. 아무것도 안 하고 멍때리고 있을 때가 가장 편안하지만 숨은 재주를 갈고닦아 화려한 장기를 뽐내는 문어파들이 때로 부럽지 않은 건 아니다. 문어가 되고 싶은 멍게인지 멍게이고 싶은 문어인지, 아직도 나는 내가 헷갈린다.

모래 울음

　모여 앉아 있다고 외롭지 않은 건 아니다. 말을 섞지도 얼싸안지도 않고 돌아앉아 버석거려본 것들은 안다. 부딪쳐봤자 상처나 주고받을 뿐이라는 것을. 정 붙이면 안 된다고, 다시 또 나뉘고 헤어져야 한다고, 가슴팍 쪼개가며 배워 버린 이별. 부서지고 부서져 존재조차 희미해진 천년의 어느 고갯마루에서 우리 다시 품어 안을 수 있을까. 백골이 진토되어 분별없이 어우러져서라도 한 몸으로 함께 꽃 피울 날 있을까. 모래가 운다. 채송화 한 송이 피워 올리지 못하는 저 쓸쓸한 불임(不姙)의 이름으로 싸륵, 싸륵, 버석거리며 운다.

달밤

침대 모서리에 초승달로 잠든 여자, 휘어진 칼처럼 단호한 적막
의 둘레가 쓸쓸하다. 둥근 등뼈로 돌아눕는다는 것은 누구하고도
공유하지 못할 슬픔 하나 가슴팍에 품고 있다는 뜻이다. 거덜 난
꿈이나 축축한 후회, 삭히지 못한 원망 같은 것이 기억의 오지에
나뒹굴고 있다는 뜻이다. 풍화되지 못한 슬픔의 흰 뼈가, 식지도,
녹지도 않은 뜨거운 얼음이 늑골 아래 서걱거리고 있다는 뜻이다.
만삭의 어둠 둥글게 껴안고 모로 누운 여자의 그림자 뒤로 푸르스
름한 안개 같은 열사흘 달빛 푸싯푸싯 젖은 날개를 뒤친다.

5장

생긴 대로 생각대로

생긴 대로 생각대로

날개가 찢긴 말벌을 개미들이 끌고 간다. 죽은 말벌의 무게는 저들 군단의 총합보다 몇 배는 더 무거울 듯한데 쉬지 않고 일사불란 떠메고 간다. 길에서 죽은 행려병자들의 장례를 치러 주려 애초부터 자청하고 나선 것인가. 검은 상복을 차려입은 개미들이 곡소리를 삼킨 상여꾼들 같다.

그러고 보니 제 몸무게의 5,000배 가까운 무게까지 견딘다는 목 관절도, 검은 옷을 입고 태어난 것도 우연이 아닐 듯하다. 잔칫상 같은 꽃밭을 넘나드는 나비들이 가볍고 화려한 입성을 타고난 것처럼. 생물의 생김새나 빛깔들에는 본디 그렇게 생겨먹은 이유나 목적이 숨어 있는 것일까. 갑자기 궁금하다. 존재의 스토리와 히스토리가 형태나 색으로 구현되는 것인지 생긴 모양을 따라 삶이 적응을 해 가는 것인지.

사과가 둥글고 아름다운 것은 이브에게 그랬듯 대상을 유혹하기 위해서만은 아닐 것이다. 완벽한 형태의 구(球)에 가까울수록 햇볕을 골고루 받고 부피 대비 표면적이 작아 최소한의 포장재로 제 몸을 감쌀 수 있어서일 것이다. 달걀은 어떠신가. 사과처럼 데굴데굴 구르면 부딪혀 깨질 염려가 있고 굴러가 둥지를 벗어나면 암탉이 품어줄 수가 없기 때문에 아주 둥글지만은 않은 타원형으로, 한쪽은 갸름하고 다른 쪽은 펑퍼짐하게 설계되었을 것이다. 익은 열매가 달콤하고 향기로운 것이 대상에게 먹혀 자리를 옮겨 앉기 위해서이듯, 어린 열매가 시고 떫고 푸른 이유도 익기 전에 먹히지 않기 위해서겠다. 단지 우연만이 아닌 당위와 섭리와 필연성 같은 것이 외부로 현현(顯現)된 게 껍데기라면 나는 왜 이렇게 생겨먹은 것일까. 더 섬세하고 강렬하거나 고상하고 온아우미하거나 세상 남자들을 다 때려눕힐 백치미라도 풍겨내면 좋았을 것을.

발자크는 "사람의 얼굴은 내면의 풍경화다. 얼굴은 거짓말을 하지 않는다."라고 했지만 나는 반밖에 동의하지 않는다. 다른 사람을 볼 때는 맞는 것 같은데 정작 나는 아닌 것 같단 말이지. 이런 게 바로 내로남불. 이렇듯 시시하고 미미하고 오종종한, 게다가 이제 시간에 마모되어 후줄근해지기까지 한 나의 외부가 내 영혼의 진면일 리는 없다고, 바깥보단 안이 좀 나을 거라고, 항명이라도 하고 싶어 후미지고 컴컴한 내부를 들쑤셔 계통 없는 글줄이라도 내보이는 거겠지. 강고한 침묵으로 굳어져 버린 기억의 지층 사이로 미분화된 채 표류하는 영혼의 어떤 원형질 같은 것이 활자의 옷을 입고 정연하게 형상화되어 가려진 나를 비추어내기를, 명료하게 분식(粉飾)된 내면적 자아가 허술한 외부를 보상해 주기를, 그런 맹랑한 포부 따위로 말이다.

"나를 업신여기고 잘난 체하는 놈들을 엿먹이기 위하여"글을 쓴다 했던 조지 오웰은 그래도 시대를 잘 타고 난 편이다. 카메라폰의 발달이 사진예술의 존립을 위태롭게 하듯, SNS 글쓰기로 무공을 연마한 무림의 숨은 강호들이 하늘의 별보다 많아진 시대, 제각기 갈고 닦은 내공을 뽐내는 고수들 사이에서 글은 이제 더 이상 무기도, 외투도, 장식 깃털조차 되어 주지 못한다. 글은 곧 사람인지라 제 몸뚱이를 척도로 세상을 재고 사는 자벌레처럼 글이 사람을 넘어서는 법도 없고.

해서 말인데, 발자크를 살짝 바꿔야겠다. "사람의 글은 내면의 풍경화다. 글은 거짓말을 하지 않는다."라고. 그런데 아니다. 이것도 좀 켕긴다. 글이야말로 허름한 내부를 번지르르한 수사(修辭)로 감추고 잘난 체하기 좋은 방편 아닌가. 뭐 할 수 없지, 눈 딱 감고 반만 맞는 걸로 하자. 생긴 대로 살건, 살다 생긴 방편이건 목숨이란 어차피 안이 바깥이고 바깥이 안인 뫼비우스의 띠에 다름 아닐

터, 한동안은 계속 존재의 날숨 같은 숨비소리로나마 답답한 숨통
을 다스려가며 몸의 말씀 따라 살아갈밖에.

내 안의 주(主)님들

아삭아삭, 사과를 깨문다. 입 안 가득 사과 향이 번진다. 내 안이 잠시 향기로워졌다가 이윽고 다시 퀴퀴해지겠다. 내가 먹은 과일에서 양분을 추출해 모종의 효소들을 섞어 '나'가 되게 하거나 쓰레기로 배출해 버리거나 하는 선택은 순전히 '그분'들의 입맛에 달렸다.

인간의 몸 안에는 박테리아 바이러스 곰팡이 같은 미생물이 100조 마리 이상 살고 있다 한다. 먹은 음식을 소화시킬 효소를 갖지 못한 인간들에게 그들 군단의 도움은 불가결하다. 상주 균총이 500종이 넘고 총 세포 수의 열 배가 넘는다니, 대단하다. 통상 1~2킬로그램, 소고기 두 근 반 정도의 미생물을 내 안에 끌어안고 사는 셈이니 존재감이 결코 가볍지 않다.

영양소의 섭취와 배설 과정을 통해 체내효소 60% 이상을 생산해내는 장내 미생물들은 '제3의 장기'로 불릴 만큼 그 역할이 지대하다. 내 건강과 생존이 내 안에 유숙하는 장기투숙객들의 활동에 달려 있으니 그들과 나는 초유기체인 셈이다. 사과 한 알보다 더 오래 내 안에 머물며 나를 돕거나 나를 공격하는, 내 의지와 무관하게 살아내는 내 몸속 그분들은 '나'의 부분집합일까 나 아닌 타자일까.

뇌 과학자들은 우리 눈에 보이는 세상이 실재가 아닌 뇌가 계산해 낸 아웃풋이라고 말한다. 뇌를 아무리 해부해 봐도 영상도 소리도 사유의 흔적도 찾을 수 없는, 두부 같은 구조물에 불과하다는 것이다. 정치적 선호나 종교적 믿음, 자유의지 같은 것은 뇌 안 어디에도 존재하지 않는다. 심장(心臟)도 마찬가지. 마음 하면 심장을 떠올리지만, 심장 역시 주기적인 수축과 이완으로 혈행을 돕는 근육 덩어리일 뿐, 마음이 숨어 사는 거처는 아니다.

하면 내 안에 상주하는 무수한 그분들, 간이나 뇌와 맞먹는 무게로 어떤 식으로든 내 삶에 관여하고 있는 미생물총이 뇌나 심장보다 영향력이 없다고 무시할 만한 근거가 있을까. 혹 그들의 화학적 비례와 개체 수에 따라 '나'의 생각이, 개성이나 취향이, 감성 같은 '자아'가 달라지게 되는, 살아있는 실제적 주(主)인님들 아닐까. 내 감정과 기분이 그들이 분비해놓은 화학적 부산물이나 배기가스일 수도 있지 않느냐 말이다. 가령 내가 사과를 먹고 싶다 할 때, 그 욕구가 내 스스로의 입맛이 아닌, 그분들의 취향이나 선택일 수 있지 않을까 하는 상상이 단지 엉뚱한 억측이기만 할까.

　봉준호 감독의 영화 〈기생충〉을 보면서 누가 기생충일까, 아니 누가 기생충이 아닐까 헷갈렸던 기억이 있다. 서로서로 뜯어먹고 뜯어 먹히며 사는 인간들이 눈에 보이지 않는 미시적 존재들만을 기생이라는 말로 몰아세울 수 있을까. 몸속 투숙객들은 그래도 염치가 있어 숙주를 죽을 만큼 착취하지는 않는다. 집과 먹이를 제공해 주는 숙주 세포와의 상호작용을 통해 생존과 진화에 참여하고 대사를 돕거나 면역체계를 성숙시켜 건강 파수꾼 노릇도 한다. 푸른 지구에 기생하면서 숙주인 지구를 오염시키고 망가뜨리기만 하는 인간들이야말로 낯도 염치도 없는 파렴치한 아닐까. 빌려 쓰는 주제에 큰소리나 치고 공존도 상생도 나 몰라라 하는. 바이러스에게 멱살 잡혀 멈추어 선 지구가 말한다. 몸 안팎의 저 미시적 존재들이야말로 인간보다 먼저부터 인간보다 나중까지, 세세토록 이 행성을 지배할 진짜 주인님들이라고.

흰 소를 기다리며

꽃시장에서 덤으로 얻어온 고추 모종에 하얗고 오긋한 꽃이 피더니 애기 고추 하나가 오종종 매달렸다. 빗물 받아먹고 햇살 낚아채고 바람에게 은근슬쩍 살랑거리기도 하면서 하루하루 푸르고 단단해갔다. 밤과 낮 사이, 봄과 여름 사이, 쥐 소금 먹듯 티 안 나게 살짝, 그렇게 맵싸하게 약이 올랐다. 지난 봄날 여름날의 일이다.

고추 하나가 열렸다는 것은 세상에 없던 매운맛 하나가 생겨났다는 뜻, 벌 나비가 잠시 다녀갔다는 뜻, 우주 전체가 기우뚱, 살짝 더 매워졌다는 뜻이다. 바람과 햇살과 빗방울과 열사흘 달빛과 내 게으른 아침 발자국까지 합세해 '열음'이 여름을 데려왔다는 뜻이다.

고추꽃이 질 즈음, 아니 필 즈음이었나. 어렵게 착상한 씨앗 하나도 딸애의 몸 안에 뿌리를 내기 시작했다. 세상에 없던 매운맛처럼, 세상에 없던 빨간 심장 하나가 초음파 증폭기로 콩닥콩닥, 생(生)의 기미(幾微)를 타전해 주었다. 임신 초반부터 부정 출혈, 태반 이상, 자궁수축 등등 총체적 위험으로 병실 신세를 져야 했던 딸이 남산만 한 배를 안고 엊그제 퇴원해 출산 날을 기다리고 있다. 누구는 삼천 배를, 누구는 백일기도를, 절에도 교회에도 나가지 않는 나까지 간구와 염원으로 세 계절을 보냈다.

올해처럼 이 해가 어서 지나가 주기를, 하루하루 무사히 넘어가 주기를 바란 적이 있던가. 자궁 안의 사정은 인간의 일이 아니었으므로 서툰 기도나 읊조리며 유폐된 시간들을 견뎌내야 했다. 태어나기 전부터 할미를 수월찮이 부려 먹고 있는 천진한 뱃속 천사는 온 우주가 합심해야 생명 하나가 탄생할 수 있음을 뼛속 깊이 일깨워주고 있다.

흰 소의 해라는 내년에는 소띠 어미에게서 흰 송아지 한 마리가 말간 눈망울로 당도할 것이다. 싹이 트고 꽃이 피듯 생명의 기적을 환하게 피워내며 말간 모음으로 옹알이를 하고 뒤뚱뒤뚱 걸음마도 배울 것이다. 세상에 없던 꽃이 피고 세상에 없던 아기가 웃는 일, 씨앗이 열매가 되고 열매가 다시 씨앗이 되는 일, 사는 일이 어찌 기적 아닌 게 있으랴. 우주 어디 먼 별에서 당도할 어린 진객을 긴장과 설렘 속에 기다려보는 세모(歲暮). 힘겨웠지만 무사히 지나간 한 해가 감사하고 감사하다.

뷰티 인사이드

바다에 살던 소라가 쓰레기통에 집 한 채를 남기고 갔다. 홀로 거처하기엔 지나치게 사치스러운 단독주택이다. 우툴두툴한 벽체 위로 삐죽빼죽 솟은 조형물들이 첨탑처럼 성채를 장식하고 있다. 함께 살 식구도 없고 문지방에 애인을 들일 수도 없는데 이런 조형물은 낭비 아닌가?

산책길에 도토리 깍지를 주웠다. 알맹이는 달아나고 빈 깍지만 낙엽 속에 묻혀 있었다. 불상의 육계를 닮은 돌기들이 정교하고 앙증맞았다. 하나의 존재가 다녀가신 흔적, 잠시 담겼다 비워질 뿐인 껍데기에 자연은 왜 이토록 공을 들이는가. 한번 쓰이고 버려지기엔 너무 아까운 예술품들 아닌가.

아름다움과 쓸모를 한 저울에 놓고 바라보는 것, 아름답지도, 쓸모 있지도 않은 생각이겠다. 오직 쓸모없는 아름다움만이 우리를 구원한다 하지 않았나. 미와 효용의 거리가 기실 그렇게 가깝지는 않을 터, 아니면 혹 아름다움 그 자체가 쓸모이려나? 꽃이나 별이나 아가들처럼 존재 자체로 타자를 위로하고 매혹시키는 것들도 있으니 말이다.

"아름다움은 그 어떤 소개장보다 좋은 소개장이다."라는 아리스토텔레스의 말은 여전히 옳다. 살아있는 것들은 아름다움에 끌린다. 아름다워야 선택받고 아름다워야 살아남는다. 아름다움은 화폐다. 아름다움의 본질은 교환가치. 꽃다발도, 스카프도, 커피잔 하나도 아름답지 않으면 팔려나가지 않는다. 얼핏 아무런 관련이 없는 듯한 아름다움과 쓸모는 기실 그렇게 잇닿아 있다.

진화생물학적으로 동물의 암컷은 아름다울 필요가 없다고 한다. 후세를 보호하고 키워내야 하는 암컷들에게 눈에 띄는 미색은 걸림돌일 수 있다. 그런데 왜 인간은 다를까. 왜 인간 여자들은 화장을 하고 성형을 하고 살을 빼고 멋을 부리며 아름다워지려고 애를 쓰는가. 여자들이 끝끝내 아름다움을 포기하려 하지 않는 것, 미의 효용에 대한 견고한 믿음 때문일 것이다. 동종 간의 경쟁에서 미(美)란 가장 확실한 권력일 테니.

잡아먹히지 않으려고 소라에게 껍데기가 필요했다면 어떤 여자들에게는 잡아 먹히기 위한 방편이 껍데기일 수 있겠다……라고는 부디 오해하지 말기 바란다. 꽃을 좋아하는 것은 꽃이 아니라 나비이지만 그렇다고 꽃이 나비를 위해 피지는 않는다. 꽃은 꽃 스스로를 위해 핀다. 단지 나비를 이용할 뿐.

아름다움은 절대 언어다. 만물은 스스로 아름다움을 지향한다. 생명의 본질이고 자연의 섭리다. 소라가, 도토리가, 꽃이, 인간이 아름다운 것은 스스로 존중받아 마땅한 존재임을 색깔로 형태로, 온몸으로 어필하고 있는 것이다. 정정한다. 아름다움은 화폐도, 교환가치도 아니다. 제 안의 욕구를 제각기의 방식대로 최선을 다해 구현해내는 생명들의 안간힘, 그것이 진정한 아름다움이다.

더 큰 첨벙

아버지가 돌아가시고 내게는 몇 가지 변화가 생겼다. 그중 한 가지가 작은 벌레들을 잘 죽이지 못한다는 것이다. 예전엔 해충이라 분류된 목숨붙이들에게 그다지 관대하지 못했던 것 같다. 그것들이 눈에 띄기만 하면 이것저것 생각할 겨를도 없이 반사적으로 때려잡거나 살충제 따위를 뿜어대곤 했으니까. 그 살상행위가 크게 마음에 걸리진 않았다. 내 영역을 허락 없이 침범한 자에 대한 자기방어의 방편이라고 합리화할 수 있었다. 그런데 지금은 눈앞에서 앵앵거리는 모기나 초파리 같은 작은 날벌레들조차 처치하기가 꺼려진다. 이유는 모르겠다. 그게 어떻게 아버지의 죽음과 연관이 되는지도. 새삼스럽게 생명의 소중함을 느껴서라거나 윤회를 믿어서는 아닐 것이다. 무덤 속 초벌 항아리에 한 줌 재로 남으신, 그것이 100년 넘게 이 세상에 거처한 아버지의 전부일 리 없다는 생각, 만물이 다 순환한다는 생각, 죽음을 영원한 사라짐으로 규정하고 싶지 않다는 거부감, 그 모든 것들이 복합적으로 버무려진 혼란스러움일 것이다.

과학자들은 세상이 입자와 반입자로 되어 있다고 말한다. 모든 입자는 그것의 반입자를 가지고 있는데 서로 독립된 존재가 아니고 하나의 시스템 속에서 공존하고 순환하는 대립쌍이어서 입자와 반입자가 만나면 쌍소멸을 일으켜 입자는 소실되고 에너지만 남는다는 것이다. 왜 그 생경하고 불확실한 이론이 갑자기 귀에 솔깃했을까. 아버지라는 물질적 생명체는 사라졌으나 아버지의 영혼은 어떤 형태의 에너지로라도 남아계실 것 같다는, 그런 위안이 필요했던 것일까. 육신의 질료들은 원래의 원소로 환원되어 지수화풍으로 흩어지겠지만 생명체로 사는 동안 획득된 고유의 부가가치는 산화되지 못하고 저 하늘 어디쯤에, 아니 어쩌면 산 자의 가슴 속에 착상되고 전이되어 기적을 내며 소요할 거라는.

산소 호흡기를 달고 코를 골며 주무시는 듯하던 아버지는 잠시 눈을 뜨면 벽력같이 소리를 내지르곤 하셨다. 비몽사몽간에 울려 나오는 고통스러운 발성은 평소의 조용하신 목소리가 아니었다. 오래 버텨낸 견고한 성 한 채가 무너져 내리는 붕괴의 조짐처럼, 격하고 불길하고 쩌렁쩌렁했다. 여보쇼, 나 좀 데려다줘요. 나 빨리 집에 가봐야 돼요. 어서요, 어서어…….

섬망 증상이었을까. 남은 생기를 증발시키는 마지막 방편이 소리여서였을까. 깡마른 체구 어디에서 그런 목소리가 나오는지 아버지는 사람 그림자만 눈에 띄면 어서 집에 데려가 달라고 소리소리 지르셨다. 애원인지 절규인지 모를 낯선 모습을 지켜보는 일이 괴로워 커튼 뒤에 숨어 울기도 했다. 세상의 주인은 소리, 아버지가 아직 못 돌아가시는 게 몸속에 갇힌 소리가 다 빠져나가지 못해서일 거라는 생각이 들었다.

죽고 싶어도 죽지 못하는 곳. 죽음의 문턱까지 다다라서도 남은 기운이 다 소진될 때까지 고통스러운 고문을 견뎌야 하는 곳. 그곳이 대학병원 중환자실이었다. 계속 소리를 질러대다 지쳐 버린 아버지가 목이 마르시는지 자꾸 물을 찾았다. 눈을 감은 채 손짓으로 물을 달라는 시늉을 하신다. 기운이 소진해 소리가 안 나오는데도 사이다를 찾고 물을 찾는다. 패혈증 때문에 물을 드릴 수가 없어 말라붙은 입술을 물에 적신 거즈로 닦아드릴 외에 잔인하게 눈감을밖에 없다. 아버지 안 돼요. 물 마시면 균이 다 퍼져 버리니까 조금만 더 참으셔야 해요. 그래야 편안히 집에 갈 수 있어요…… 체념한 아버지가 고개를 저으신다.

누구를 위한 연명인가. 삶이 선택이 아니었던 것처럼 죽음 역시 그러해야만 하는가. 어차피 되돌릴 수 없는 길이라면 물이라도 꿀꺽꿀꺽 실컷 마시고 단번에 돌아가시게 해드리고 싶었다. 갈증으로 혀가 다 갈라져도 모른 체해야 하는 잔인함이라니. 차라리 잠이라도 편하게 주무실 수 있게 진정제라도 놓아 달라 간청을 해 보았다.

"그건 좋은 생각이 아닌 것 같은데요……."

젊은 의사가 말했다.

"병원이란 사람을 살리는 곳이지 죽이는 곳이 아니거든요……."

진정제를 놓으면 다른 모든 기관들의 성능이 다 같이 저하되므로 말기 암이 아닌 다음에야 그럴 수는 없는 일이라 했다. 의지대로 할 수 없는 몸에 갇혀 죽음이라는 소실점까지 당도하기 위해 명료한 의식으로 통과해내야 하는 고통의 터널, 아버지는 그곳을 통과 중이시다. 안 나오는 목소리로 갈라진 헛바닥으로 아무리 애원해도 고개를 젓는 사람들을 원망하며 내 편은 아무도 없다며 힘없이 고개를 저으시던 아버지는 눈을 뜰 기력마저 잃으신 듯하다. 죽음이란 어쩌면 육신이라는 감옥에 의탁하여 갇혀 지내던 어떤 신이 다른 차원의 세상으로 이동해가기 위해 통과해가는 웜홀 같은 것 아닐까. 차원이 다른 어떤 시공간으로의 순간이동 통로 같은. 북명에 사는 물고기 곤이 붕새가 되어 천공해활로 날아오르듯이, 아버지는 지금 아득한 태허의 시공간을 훠이훠이 날고 계실지 모른다. 탄소 유기체의 현상계를 넘어 하나의 신성(神性)으로, 적멸이 아닌 소요유의 세계로 비로소 귀휴하고 계시는지도 모른다.

아버지가 한 숨 한 숨, 고통 속에서 가까스로 숨을 몰아쉬고 계시는 동안에도 나는 살았다고 삼시를 챙겨 먹는다. 누구나 혼자 지고 가야 하는 고통, 누구도 대신하거나 덜어드릴 수 없는 시간, 이 상황에서의 최선은 어떻게든 아버지의 고통을 단축시켜 드리는 일뿐이라고 속으로 자주 불효막심한 생각을 한다. 호흡기만 떼면, 아니면 저 희멀건 영양수액이라도……. 효심이 깊은 자매들도 다 같은 생각이겠지만 아무도 바깥으로 말을 뱉지 못한다. 누구도 악역을 맡으려 하지 않는 상황, 이 상황이 또 화가 난다. 누구를 위한 윤리인가. 끝까지 고통을 짊어지고 가는 것이 자연사인가? 내가 아버지라면 한시라도 빨리 이 부역을 끝내고 싶을 것 같다. 그것만이 당신이 평생 믿던 신의 자비라 생각하실 것 같다.

결국 아버지는 당신 몫의 고통을 한 푼어치도 탕감받지 못하고 한 방울 물에 목말라 하시며 마지막 순간 내 손을 잡고 '자연사'하셨다. 잠시 정신이 들었을 때 다른 딸들은 다 '아버지 사랑해요, 고마웠어요'라는 마지막 인사를 했지만 못난 나는 끝까지 그 말을 못 했다. 앙상하게 마른, 식어가는 손을 잡고 눈물 어린 눈으로 아버지의 깊은 눈을 마주 보면서 고개를 가만히 끄덕이기만 했다. 믿을 수 없을 만큼 형형한 눈빛으로, 아버지도 고개를 끄덕이셨다.

장례를 치르고도 한동안 나는 사람 만나는 일을 피했다. 결국 타자일밖에 없는 사람들에게 내 몫의 슬픔을 전가하고 싶지 않았다. 내 아버지가 겪어낸 고통의 시간들을 화제에 올릴 마음도 아니었다. 어떻게도 메워지지 않는 시간, 그 마음인 채로 어느 날 내 발걸음은 데이비드 호크니전이 열리고 있는 시립미술관으로 향했다. 제목에 끌려 꼭 보고 싶은 작품이 있었다.

'더 큰 첨벙'

에드워드 호퍼의 분위기가 살짝 묻어나는 적막감, 수직과 수평의 미니멀한 구도가 마음에 와 닿았다. 캔버스 전체에 자취 없이 스며 있는 산타모니카의 무심한 태양볕, 두 그루의 야자수, 빈 의자. 빈 다이빙 대, 잠시 출렁거렸을 수영장의 물과 퉁겨 오른 물방울들……. 그가 앉았을 의자는 작고 멀었으나 그가 뛰어내린 다이빙대는 크고 가까워 보였다.

사람의 자취가 사라져 버린 그림 속의 고요 속을 나는 오래오래 서성거렸다. 솟구쳐 오르는 물더미와 물방울들 사이로 '첨벙!' 하는 물소리가 천둥소리처럼 증폭되어 들려왔다. 그것은 한 세계에서 다른 세계로 떨어져 내리는 추락의 소리가 아니었다. 한 세상에서 다른 세상으로 솟구쳐 오르는 미확인 비행물체의 요란한 굉음 같은, 천지간에 아득한 비상(飛上)의 폭음이었다.

물 발자국

초록이 일어선다.

희망의 기운은 늘 가장 희망이 없어 보이는 곳, 바람보다 낮은 곳에 엎드려 있는 것들이 제일 먼저 감지한다.

일행을 놓친 기러기 한 마리 봄 하늘을 서둘러 날고, 수런거리는 봄기운에 가만가만 몸을 비트는 나무들, 올봄엔 또 어느 쪽 하늘을 베어 먹어 볼까, 실눈 뜨고 몰래몰래 허공의 치수를 재고 있다. 스러지는 것과 일어서는 것 사이로 봄이 밀당밀당 문턱을 넘는다.

새로 입소한 병정들처럼 전열을 가다듬고 있는 나무 사이를 걸어간다. 아직은 푸른 전투복을 배급받지 않았지만 보이지 않는 곳에서 응원하고 있는 뿌리를 생각해서라도 힘내어 다시 뻗어봐야지 하는, 결연한 결기로 충천해 있다. 가는 줄기 하나가 소맷부리를 스친다. 한겨울이었으면 뚝 부러져나갔을 터이나 사뭇 질긴 힘으로 낭창거린다. 실탄이, 수액이, 최전방까지 무리 없이 공급되고 있다는 증좌다. 살아 숨 쉬는 것들에게 전투 의지를 벼려주는 물, 물이 오르고 있다. 컴컴한 후방 어디에서 푸른 수액이 길어 올려지고 있다.

한물갔네, 물이 좋네, 물이 올랐네, 물 건너갔네……. 생명체는 모두 물 발자국이다. 살아있는 것들은 다 그렇게 물의 방향으로 움직여간다.

인공스럽다

서래섬 옆 샛강에 오리들이 떠 있다. 쌍쌍이 짝을 지어 자맥질을 하는 청둥오리들. 그런데 저 수컷들 의상 좀 보소. 엄동설한에 먹이 구하러 나온 사냥꾼치곤 지나치게 화려하고 사치스럽지 않은가. 삭막한 겨울 풍경과 동떨어진 화사함이 어쩐지 좀 인공스럽기까지 하다.

'인공스럽다'라는 말 자체가 자연스럽지 못한, 그야말로 인공스러운 말이겠으나 어쨌거나 그들은 인공스러웠다. 꾸민 흔적이 없는, 자연에 가까운 말이나 행동을 '자연스럽다'라고 한다면 반대편 상황을 인공스럽다 해도 틀린 말은 아닐 것이다. 청록색 머리, 흰 띠가 둘러진 목, 밤색 가슴, 회색 몸통……. 확연하게 구분 지어진 색의 경계가 명확하고 선명해, 미동도 없이 떠 있을 때면 살아있는 생명체라고 느껴지지가 않는다. 골동품 가게의 선반 위에 놓여 있던, 정교하게 색칠된 목각 오리들을 물위에 띄워 놓은 것 같다고 할까.

동네 카페에서 점심을 먹었다. 건너편 테이블, 마주 앉은 세 여자의 코 모양이 만들어 붙인 듯 똑같았다. 흠잡을 데 없이 완벽한 모양의 '엣지'있는 코들은 한 공장에서 찍어 나온 상품 같았다. 신의 실수를 보완하는 인간의 솜씨. 아니, 신의 솜씨를 능가하는 인간의 기술 덕분에 여자들이 날로 예뻐지고 있다. 좋은 일이다. 아름다움은 어쨌건 선(善)일 테니까.

컴퓨터를 켜니 '마스크 벗기 전 마지막 기회, 성형외과로 달려가는 한국인들'이라는 웃픈 타이틀이 화면에 뜬다. 백신이 나오면 마스크를 벗어야 할 테고 재택근무나 거리두기도 쉽지 않을 터여서 발 빠른 사람들은 이미 갈아엎었다나. 거리에도 텔레비전에도 표준형 미인들이 넘쳐나는 나라, 가히 성형 천국답다. 문제는 다 비슷비슷한 외모 천재들이어서 지나치고 나면 기억이 나지 않는다는 것이다. 다중에 의해 암암리에 합의된 아름다움이 폭력일 수 있겠다는 생각, 평균적 아름다움에 도달해 보지 못한, 나이 든 여자의 질투심인가?

기왕 질투일 바에야, 제대로 딴지를 걸어야겠다. 예술도 사랑도 결핍으로부터 출발하는 것, 자로 잰 듯 똑 떨어지는 무결점 인간에게서는 영혼의 깊이가 묻어나지 않는다. 흠 하나 없이 완벽한 것들은 완상(玩賞)의 대상은 될지언정 매혹의 대상이 되긴 어렵다. 청산유수로 쏟아내는 말보다 어눌한 고백이 더 깊이 스미듯, 됫박이마에 브이라인보다 동그란 얼굴에 살짝 낮은 복코, 내 토종 얼굴이 인간적이지 않을까, 크하하. 자연에는 사실 완벽함이 없다. 그리스의 파라시오스가 아테나 여신상을 만들 때도 여섯 명의 아름다운 여인을 모델로 삼아 가장 아름다운 부위를 합성하였다지 않은가. 부족한 것들의 총화로 이루어내는 총체적 완벽, 신이 의도하신 아름다움은 그런 것일지도 모르겠다는 말이다.

카카오톡 노란 말풍선이 뜬다. Q선생이다. 코로나 때문에 못 만나는 동안 프로필 사진이 바뀐 것 같다. 평소 보아 온 얼굴이 아닌, 이십 년쯤 더 젊어진 얼굴이다. 그새 성형은 안 했을 테고 새로 익힌 포토샵 기술에 본인은 무척 만족하는 것 같은데 나는 어쩐지 피와 살이 통하는 인간이 아니라 나이 분간 안 되는 AI 같아 낯설고 섬뜩하다. 인물이 아니라 풍경을 찍어도 요즘엔 실물보다 사진이 더 멋있다. 신의 창조물보다 인간의 가공물이 완벽해 보이는 시대, 가짜가 더 진짜 같은 세상, 인공스러운 것이 자연스러운 세상이다. 이러다 조만간 인공스럽다는 말과 자연스럽다는 말이 이음동의어(異音同意語)가 되어 버리지 않을까. 옛날 기(杞)나라 사람이 하늘이 무너질까 잠 안 자고 걱정해 기우(杞憂)라는 말이 생겼다던데, 야심한 밤에 잠은 안 자고 하다하다 쥐뿔, 별걱정을 다 한다.

죽었니 살았니

칭얼대는 무릎을 얼러가며 탐방로를 오른다. 병풍바위를 지나
친 지 한참이지만 윗세오름까지는 아직 멀었다. 얼키설키 뒤엉킨
관목들과 죽었으되 죽지 않은 주목들 사이로 찬바람이 쌩, 볼을 에
고 달아난다. 생명의 빛이 꺼져있는 겨울 산, 겨울이 다 가고 봄이
이울 즈음에야 털진달래와 야생화들로 산은 다시 환해질 것이다.

해발 1600고지를 지난다. 비탈이 외려 완만해지는 느낌이다. 아
픈 다리도 쉬어 줄 겸 한숨 돌릴 양으로 노루샘 옆 바위에 걸터앉
는다. 그제야 영실 입구에서부터 줄기차게 따라붙던 조릿대들이
눈에 들어온다. 산죽(山竹)이라 불리는 조릿대들이 끈질긴 생명력
으로 영역을 확장해 한라산 생태계가 교란되고 있다는 기사를 오
기 전에 읽은 기억이 있다. 뿌리줄기가 빽빽이 얽혀 다른 식물들이
발붙이기 어려운 까닭에 고지대의 식생까지 위협받고 있다는 것

이다.

비탈을 따라 뭉텅이져 있는 조릿대 군락마다 누리시든 잎들이 더러 보인다. 초입에서보다 키도 낮아졌다. 제주조릿대는 여름에는 이파리가 녹색이다가 가을이 되면서 가장자리가 말리고 얼룩이 생겨 테두리의 연황색이 선명해진다. 피침형의 날렵한 이파리 끝이 대뇌피질 어딘가를 예리하게 찔렀던가. 머릿속에 반짝, 알전구가 켜진다. 알 것 같다. 여리고 가는 이 상록관목들이 어떻게 온 섬을 장악할 수 있었을지. 잎을 떨어뜨리는 대신 가장자리의 엽록소를 자진 헌납함으로써 대사에너지를 절감하는 방식으로 궁핍한 계절을 견뎌 왔을 것이다. 죽음으로 테두리를 두른 삶, 살아있는 것들의 죽은 척하기는 위기에 직면한 약자들 특단의 생존전략 아닌가.

연전, 새로 낸 수필집을 받아 읽은 선배가 카카오톡으로 소감을 전해 왔다.

"은유로 가득 찬 육감적 필치……. 성(性)적 해탈이 덜된 여자의 관능이 왜 이렇게 슬프게 와 닿지?"

문학이건 예술이건 저변의 생명력은 관능일 터이나 대놓고 드러내는 일은 삼가는 편이어서 숨겨진 코드까지 간파해내는 밝은 눈이 반갑기보다는 살짝 뜨끔했다. 들키고 싶지 않은 것을 들켜 버린 민망함으로 애써 변명 아닌 변명을 했다.

"죽은 여자의 안 죽은 척하기지 뭐⋯⋯."

"노노, 안 죽은 여자의 죽은 척하기 같은데?"

침착하고 이지적인 듯 보여도 속에서는 잉걸불이 이글거릴 거라고, 늘 그렇게 냉정과 열정 사이에서 아슬아슬 줄을 타며 살고 있지 않으냐고, 그가 넌지시 밑밥을 놓았다. 뜨겁게 활활 타 보지는 못했어도 못다 탄 동강들이 후미진 가슴 안에서 내연(內燃)하고 있기는 할 거라고, 일생 그렇게 뜨거운 얼음으로, 이도저도 아니게 살아낸 것 같다고, 나도 성의껏 입질을 했다. 죽은 여자의 안 죽은 척하기건, 안 죽은 여자의 죽은 척하기건, 나는 왜, 무엇 때문에 그런 운신의 묘법까지 동원해가며 반생반사(半生半死)로 늙고 있는 것일까. 불완전 연소된 열정의 찌꺼기들이나 활자 속에 타닥타닥 던져 넣으며. 불합리와 불공정을 바꾸어 보겠다고 띠 두르고 구호 외치던 젊은 날의 그가 입 다문 꽃처럼 살고 있는 것도 살아남기 위한 전략적 타협일까.

탐방로 옆 바윗돌에 황갈색 이끼들이 눌어붙어 있다. 죽은 바위에 산 이끼가 붙어사니 산 것들의 생명력이 죽은 것에서 나오는 건가. 별이 죽어 별이 되고 꽃이 죽어 꽃이 피듯 이미 죽은 목숨 안의 못다 한 기운이 또 다른 색(色)을 입고 피어나는 것 아닐까. 모든 산 것들의 이마마다 죽음이 한 발을 걸치고 있듯, 죽음의 옷자락 어디에서 생의 홀씨가 묻어나오는 건지도 모르겠다.

꽝꽝하게 옹송그린 떨기나무 사이로 한겨울 햇살이 나지막이

비껴든다. 천 번 만 번 죽었다가 천태만상 되살아오는 불사신 같은
바람이 잠에 취한 관목들을 흔들어 깨운다.

'정신 차려 이 친구야. 잠든 척만 해야지, 아주 잠들면 못 깨어
나⋯⋯.'

상처

감자 상자에 손을 넣었다.

물컹한 느낌에 흠칫 물러선다.

호미 자국에 상처가 나 있는 감자 하나가 폭삭 썩어 있다.

상처 있는 것들이 더 잘 상한다.

저만 상하는 것이 아니라 상처에 핀 곰팡이로 이웃까지 상하고
썩게 만든다.

운명에 대하여

　창틀 사이로 녀석이 날아든 것은 순식간이었다. 아침 공기가 싸늘했지만 잠시 환기라도 시켜보려고 창을 바깥으로 살짝 밀면서 방충창을 아래로 끌어내리는 그 짧은 사이에 녀석이 잽싸게. 기습적으로 끼어들었다. 비스듬히 열린 유리창과 방충망 사이에 느닷없이 갇혀 버린 녀석은 창졸간에 맞닥뜨린 제 운명을 도저히 납득하지 못하겠다는 듯이 두 창틀 사이에서 종횡무진 나부대며 필사적인 탈출을 시도하고 있다. 본의 아니게, 아니면 어떤 미필적 고의로 그의 운명의 바깥에서 객관적 관찰자가 되어 버린 나는 간단한 손동작 하나로 그에게 당장 은혜를 베풀어 자유로운 몸이 되게 할 수도 있었으나 그리하지를 못했다. 녀석을 내보내려 방충창을 밀어 올리는 사이, 자칫 녀석이 병실 안으로 쌩, 날아들 위험 때문이었다.

병실 안에는 고위험 산모로 분류되어 백일도 넘게 침대 붙박이 중인 임신 8개월째의 딸애가 누워 있다. 몇 달째 수축억제제를 달고 노심초사하며 밤을 지새고 삼시세끼도 누운 채로 먹는 초인적 노력으로 위험한 고비를 넘기고는 있지만, 극도의 불안과 트라우마로 딸애는 늘 공포에 질려 있다. 순발력 떨어진 내가 가련한 중생에게 어설픈 자비를 베풀려다 엄청난 소음을 발사하는 미친 왕파리를 병실로 들인다면 메가톤급 폭탄이 터뜨려진 것만큼이나 대참사가 일어날지도 모른다.

어리석은 왕파리. 녀석은 사실 갇히지 않았다. 유리 창틀과 방충창 아래가 사오 센티미터쯤 뚫려 있어 정신만 차리면 얼마든지 그 틈새로 빠져 날아갈 수 있다. 놀라고 당황한 데다 어떻게든 이 난국을 벗어나야 한다는 강박 때문에 사리 분별 없이 날뛰느라 출구가 눈에 안 들어올 뿐.

예견되지 않는 운명 앞에 서게 될 때 문제는 항용 속도가 아니다. 방향이다. 잠시 멈추어 서 있는 곳을 가늠해보며 방향을 먼저 정해야 하는데 다급한 마음에 걸음이 앞서 일을 그르치게 된다. 멈추거나 포기하거나 아니면 혹 뒷걸음질이 답이 될 수도 있는데 무모한 자기확신에 갇혀 앞뒤 분간을 못 하는 바람에 더 깊은 수렁으로 빠지기도 한다.

창틀에 간절하게 엎드린 그가 절박한 심사로 기도를 올린다.

앞발 들고 싹싹 뒷발 들고 싹싹…… 주여 제발 이 악에서 구하소 서……. 꽁무니에 힘을 주고 양 날개를 빳빳하게 들어 올리며 2차 시도, 3차 시도를 한다. 실패, 또 실패다. 유리창 바깥에 어른거리 는 빛을 향하여 부조리한 운명과 맞장뜨는 시시포스처럼 부딪고 기어오르고 떨어지기를 반복한다.

유리창 바깥으로 의과대학 건물이 훤히 보이고 주차장에 엎드 려 있는 차들과 분주하게 오가는 사람들도 보인다. 왕파리의 작은 겹눈에 그 모든 것들이 자세히 비치지는 않을 터이지만 빛이 들어 오는 쪽을 동쪽이라 착각하는 동굴인들처럼 녀석도 그쪽이 해방 구일 거라고 스스로의 신념에 사로잡혀서 아래쪽으로 틀거나 뒷 걸음질을 시도해 볼 엄두도 못 내고 미끄러운 유리벽을 향해 부딪 고 또 부딪고만 있다. 어쩌면 우리 모두 세계의 열린 문 앞에서 우 리 안의 한계에 갇혀 빠져나오지 못하고 절망하는 것 아닐까. 붙박 여 버린 시선, 무모한 자기 확신 같은 것이야말로 우리를 제 자리 에서 터덕거리게 하는 가장 큰 걸림돌일지도 모른다.

운명은 어떻게 작동하는가. 왕파리의 머릿속 발상의 전환은 언 제쯤 어떻게 이루어지는가. 두어 시간 가까이 냉담한 신 노릇을 하 던 내가 잠시 방심을 하고 있는 사이 어라, 녀석이 빠져나가 버렸 다! 좀 전까지만 해도 유리창을 기신기신 기어오르고 있었는데.

수십 번의 시도로 진이 빠져 버린 그가 기운이 달려 실족하는 바람에 저 아래로 미끄러져 추락해 버리는 기적 같은 사고를 당한 것이다. 행운도 불운처럼 예고 없는 사고일 수 있는 것일까, 아니면 이런 사고마저도 천운이란 이름의 계획된 우연인가. 우연을 가장한 모든 필연을 운명이라 부르는 것은 아닐까.

내 안의 '관종' 기질에 대하여

　남도 작은 시골 마을에서 태어난 그는 누추하고 답답한 고향이 싫었다. 성공해서 이름을 날리고 싶었다. 일찌감치 도시로 나가 열심히 공부한 덕분에 웬만큼 성공하여 유명해졌다. 텔레비전에 심심찮게 얼굴을 비치니 알아보는 사람도 많아졌다. 얼굴이 팔린 만큼 자유도 팔렸다. 지하철에서, 음식점에서, 동네 병원에서, 살아 움직이는 CCTV들이 실시간으로 그를 감시한다. 이미 전국구가 되어 버린 까닭에 아무 데서 아무하고나 밥을 먹을 수도 없고 공중목욕탕을 들락거릴 수도 없다. 가시울타리보다 더 날카로운 눈초리의 위리안치(圍籬安置). 운신의 폭이 좁아졌다. 숨 쉬는 산소도 부족해졌다. 이름을 내기 위해 성공을 꿈꾸었으나 이름이라는 감옥에 갇혀 버렸다. 왕이 되려는 자가 왕관의 무게를 견뎌야 하듯, 이름을 얻은 대신 자유는 반납해야 하는 것인가. 무명이었을 때는 그냥 넘어갔을 일들이 일거수일투족 입에 오르내리고 되돌아가기엔 너무 멀리 와 버려 내려놓는 일도 쉽지 않다 한다. 이름을 대면 알만한, 아는 사람 이야기다.

처음 뉴욕에 갔을 때 충격적일 만큼 실망했던 기억이 있다. 검고 희고 뚱뚱하고 껑정하고……. 밀려드는 인파와 무질서한 건물들이 내가 꿈꾸던 뉴욕이 아니었다. 그러나 바로 편안해졌다. 이 많은 사람들 중에 나를 아는 사람이 하나도 없다는 것, 'don't care'가 주는 자유로움에 그 모든 복잡성이 용서될 것 같았다. 유명인사도 아니고 크게 죄지은 것도 없었지만 익명의 자유야말로 무엇과도 바꿀 수 없는 자유일 거였다. 숨 쉴 공간과 자유를 잃고 산소부족으로 뻐금거리며 사는 사람들을 부러워하지 않고도 혼자 놀기를 즐기며 살았다.

그런 내 안에도 '관종' 기질이 숨어 있었던 것일까. 페이스북을 하면서 글 끝에 따라붙는 '좋아요'가 몇 마리인지 슬금슬금 신경을 쓰는 나 자신을 발견한다. 여러 달 갇혀 지내는 답답함에 출구 전략으로 시작한 일인데 화가가 캔버스를 바꾸듯 모니터를 잠시 스마트폰으로 옮겨 본 것뿐인데, 예기치 않은 부작용이 생겨나 버렸다. 내가 쓴 글이 어떻게 익명의 독자에게 가 닿는지 알고리즘을 다 알 수는 없지만 생판 모르는 사람들의 꼬리표에 온기를 느끼고 활력을 얻기도 하는 나 자신을 발견한다. 책을 내거나 잡지에 글을 발표하는 소통과는 다른 즉각적인 피드백이 매혹임과 동시 경계할 중독 같아 우려스럽기도 하고.

　스마트폰 액정에 글을 써 보니 호흡이 짧고 표현이 가벼워지는 장점도 있는 대신 문장이 거칠어지고 사유를 깊이 확장시키지 못하는, 간과할 수 없는 단점도 보인다. 정장과 캐주얼 사이, 아니면 LP로 조용히 혼자 듣는 음악과 시끌시끌한 카페에서 CD로 듣는 음악의 차이라 할까. 집중력과 깊이의 차이 또한 실력이고 한계일 터, 없던 순발력이 금세 생겨나는 것도 아니어서 내 방식대로 내 한계 내에서 끼적일밖에 없을 것 같다. 글의 질감이 달라지는 데 대한 우려도 있지만 독자의 선호가 즉각적인 수치로 계량화되는 것이 재밌기도 하고 불편하기도 하다. 문제는 이 동네의 문법이 발품 손품을 팔아야 반응을 얻고 친구도 사귀기보다는 추가하고 승인하고 삭제되기도 하는 시스템이어서 짬짬이 시간 장만해 손님 대접하고 시시한 사진 하나에도 맞장구쳐 주는, '품앗이'의 예의를 잃지 않아야 하는데 그 또한 쉬운 일이 아니라는 데 있다. 아예 점수 안 나오는 노래방 기기처럼 '좋아요' 없는 페북을 꿈꿔 보기도 하지만 그럼 차라리 비밀 블로그에 써야겠지?

　글을 만지는데 긴급문자가 뜬다. 출근길 폭설이 우려되니 대중교통을 이용하라는 지침이다. 눈도 안 왔는데 길을 잃고 있는 나,

대중교통으로 갈아타길 잘한 것일까. 아니면 진짜로 길도 목적도 방향도 잃고 더 헤매게 될 것인가. 모르겠다. 여행 보따리 챙기는 빡빡한 아침에 새벽잠 반납하고 왜 쓰고 있는지도 모르면서 우왕좌왕 횡설수설 퇴고도 안 한 글을 이렇게 또 올리고 있으니.

여행을 생각하다

퀸즐랜드에서 밀퍼드사운드로 가는 동안 사람 그림자 하나 만나지 못했다. 지천으로 피어 있는 스코틀랜드 개나리와 거대한 호수 주변에 열병식 하듯 서 있는 침엽수 숲을 지나 장엄한 폭포를 마주 보고 서 있다. 이런 나라에 도망쳐 와 새로운 인생을 살아볼 수 있다면! 생의 관절을 툭 분질러 지금의 나랑은 전혀 다른 인생을 살아봐도 좋겠다. 원시적인 생명력이 넘치는 부리부리한 마오리 남자 하나 꼬드겨 열두 아이 낳고 살아보면 어떨까. 글자는 읽지도 쓰지도 않고 별자리랑 바람 냄새나 읽으며 입꼬리 헤실헤실 풀어 젖히고 순하게 늙어가도 좋았을 것을.

이 나라에서는 사람 대신 소나 양이 일을 한다. 그들의 노동이 이 나라 거반을 먹여 살린다. 뉴질랜드 사회는 450만 명의 사피엔스(Sapiens)와 5,000만 마리의 양으로 구성되어 있다. 양들은 사십

오도 각도로 머리를 수그리고 온종일 같은 음식을 쉬지 않고 먹는다. 음식이란 그것을 먹고 소화시킨 에너지로 다른 일을 하는 동력이어야 하거늘 종일 먹기만 하는 그들에게 있어 식사란 차라리 노동에 가깝다.

휴일도 없는 만년 노동자들은 하늘 한번 올려다보지 않는다. 꾀부리지 않고 근면하게 풀을 뜯고 조용히 무릎 꿇고 되새김질을 한다. 먹이를 구하기 위해 뛰어다닐 필요도, 싸울 필요도 없지만 최적화된 노동환경만큼 철저하게 착취당해야 한다. 죽을 때까지 젖과 모피를 생산하고 죽은 육신까지 헌납해야 한다. 운이 나쁘면 관광객들 앞에서 털 깎기 시범 모델이 되거나 가죽이 벗겨지는 퍼포먼스에 강제 차출당해야 한다. 천적이 없는 초원이라 하여 천국이라 할 수 있을까. 가축이라 이름하는 모든 축생들에게 공공의 천적은 사피엔스일 텐데.

마오리 남자를 꼬드겨도 아이를 만들 수 없는 나이여서일까. 평화롭게 풀을 뜯고 있는 양떼들이 내게는 어느 순간, 푸른 지구에 기생하는 구더기 떼로 보인다. 다행이다. 얼핏 보기에 지상낙원 같았던 이 나라에 눌러살고 싶다는 생각을 안 하게 된 것이. 스코틀랜드 어디쯤을 지날 때도 비슷한 생각을 했던 것 같다. 눈보라 속에 방치되어 입성이 너덜너덜해져 버린, 유독 얼굴만 새까만 노숙 양떼들의 행색을 보면서 소나 양의 노동으로 편히 먹고사는 일이 흑인을 노예로 부리는 일보다 덜 야만적인가에 고개가 갸웃거려지곤 했다. 모르겠다. 낙농의 이름으로 행해지는 착취가 왜 그리 마음을 불편하게 했는지. 배부른 휴머니즘일까 배 아픈 질투일까.

무료하고 지루한 천국에서 제2의 인생을 누리고 사는 친구는 자기 것도 아닌 하늘과 들판과 숲과 호수를 연신 자랑하였지만 나는 얼른 재미있는 지옥으로 귀환해 남은 인생을 마저 살고 싶어졌다. 산맥에 가로막혀 흐르지도 못하고 고여만 있는 호수보다는 온갖 오물을 껴안고 역동적으로 흘러가는 강물이 더 나을 것 같았다. 강에게는 최소한 바다라는 지향점이 있을 테니까. 뒤섞이고 요동치다 벼랑을 만나 불시에 폭포로 떨어져 내린다 해도 그 낙차로 에너지를 얻어 또다시 흐를 수 있을 테니까.

여행의 최종 목적지는 제 앉은자리다. 제 자리로 돌아오지 못하면 여행이 아니다. 방랑이거나 실종이거나 더 큰 사고일 수 있다. 세상 곳곳을 돌고 돌아 다시 나에게로 돌아오는 것, 일상 속에 마모되고 매몰된 나의 좌표를 확인하고 내 안의 나를 업로드 시키는 멋진 귀환, 그런 돌아옴이 여행일 것이다.

골똘한 바가지

우리 집에 오래된 바가지가 하나 있다.

주방에서 쌀을 씻거나 물을 푸는 데 사용했던 것인데 지금은 베란다에 내놓고 화초에 물을 줄 때 쓴다. 손잡이에 실금이 있고 귀퉁이가 일그러지기도 했지만, 아직 새지 않으니 그냥 쓰고 있다. 바가지가 뭐 예쁠 필요 있나. 물만 잘 퍼 나르면 되지.

오늘 아침 화분에 물을 주다가 이 바가지에 생각이 미쳤다. 혹시 바가지가 누가 나를 만들었지? 여기는 어디고 내가 지금 뭐하는 거지? 왜, 누구를 위해 일생 물을 푸고 있는 거지? 따위의 생각을 한다면 어떨까. 역할과 노릇에 복무하지 않고 실체와 본질에 대해 회의한다면?

내면의 생각들을 생산자나 사용자에게 드러낼 방도가 있을까마는 있다 해도 환영받지 못할 것이다. 대책 없이 의식화된 바가지일 테니. 온갖 회의와 불평불만이 가득한, 골똘한 바가지가 바가지로서 바람직하지는 않을 테니까. 하 같잖아서 바가지 주제에……. 뭐 그런 욕이나 먹고 말지 모른다.

존재하는 것들은 다 목적과 의미와 효용이 있다. '소용이 닿아서 존재하는 것이다'라는 생각이 틀리지 않다면 세상에 쓸모없는 것들, 아무짝에도 소용이 닿지 않은 것들은 애초 만들어지지 않았을 것이다. 모두가 주인공이 될 수는 없지만, 배경도 엑스트라도 필요한 법이고 제각기 그 쓰임에 따라 이 세상에 존재하게 되었을 테니.

바가지는 물을 푸고 우산은 비를 가리고 빗자루는 마당을 쓸면 그뿐. 바가지가, 우산이, 빗자루가 각성을 하여 나는 왜 여기 있는 걸까, 왜 주인공이 아닐까, 왜 이런 역할밖에 못 하는 걸까 등등의 생각으로 가득 차 있다면 기능을 제대로 수행할 수 있을까. 만든 자의 의도대로, 사용자의 용처대로 묵묵히 잡념 없이 쓰이는 것이 존재로서의 가장 큰 덕목 아닐까.

황병기 선생이 살아계셨을 때 비슷한 질문을 드린 적이 있다. '침향무'연주에 반해 쓴 내 글을 보시고 선생께서 먼저 연락을 해오셔서 처음으로 마주한 자리였는데 인생에 대해 높고 깊은 지혜를 갖고 계실 것 같은 선생께 늘 품고 있던, 존재와 근원에 대한 질문을 불쑥 드려 본 것이다. 그때 얻은 대답이 불가지론이었다. 매미가 가을을 어찌 알며 하루살이가 내일을 어찌 알 거냐고. 주어진 연한 동안 수액을 빨고 노래하고 춤추며 즐거워하다 짝을 찾으면 후세를 낳고 때가 되면 조용히 스러져 주는 것, 그 이상은 알 수도, 알려 하지도 말라고.

'왜 사는가'보다는 '어떻게 살 것인가'까지가 인간에게 허용되는 회의(懷疑)의 한계일지도 모르겠다. 아니 차라리 선생 말씀대로 지금 여기에 충실한 삶, 주어진 대로 누리고 주어진 상황에서 최선을 다하다 가는, 거기까지가 최고의 선(善)일지도 모르겠다. 법학을 전공하셨지만 용처가 다른 데 있음을 깨닫고 즐거이 가야금과 동거동락하시다 어느 겨울 홀연히 떠나신 선생처럼.

해답도 없는 질문에 전전긍긍하며 이룬 것 없이 탕진해 버린 지난날들을 돌아본다. 취향이었을까. 성격이었을까. 원래 예정된 일이었을까. 십대 때 끝냈어야 할 유치한 질문들을 반세기가 넘도록 끌어안고 살아온 나. 진즉 용처를 생각하고 용도에 맞게 살아냈다면 지금쯤엔 용처대로 써먹히지 않았을까. 최소한 덧없다는 생각은 훨씬 덜하지 않았을까.

죄 없는 바가지에 내 생각을 덧씌워두고 나 지금 여기서 뭐 하고 있는 건지, 아직도 여전히 대책 없긴 마찬가지다. 무용의 유용, 쓸모없음의 쓸모가 내게 주어진 쓸모이려나.

'왜'와 '어떻게'라는 이항의 질문이 결국은 같은 답일밖에 없지 않을까 하는, 다시 또 그런 대책 없는 생각으로 오래되어 향기가

가신 차만 무심하게 자꾸 우리고 있다.

들켜 버리다

　날이 많이 풀려선지 산책하는 사람들이 더 늘어났다. 나처럼 혼자 운동 삼아 걷는 사람도 있지만, 젊은이들도 많이 보인다. 마주오며 스치는 쌍쌍의 남녀를 보며 어떻게 만나 저리 다정해졌을까하는, 쓸데없는 호기심이 일기도 한다. "내가 좋아하는 사람이 나를 좋아해 주는 일은 기적이다."라고 한 이가 누구였더라? 숨 탄 것들 짝을 찾고 짝을 이루며 살아가는 일, 지당하고 당연하게 여겨지는 세상사도 생각하면 기적 아닌 일이 없다.

　같은 물가에서 원앙은 원앙끼리, 청둥오리는 청둥오리끼리 어울려 노는 것도 내 눈에는 신기한 마법으로 보인다. 거울 한 번 본적 없는 강아지들도 마찬가지. 털실 뭉치만 한 포메라니안이 비슷한 크기의 길고양이에겐 쌍심지를 켜고 짖어대더니 크기도 생김새도 영판 다른 시베리안허스키를 보고는 목줄을 당겨가 꼬리를 흔든다. 제 생김새도 모르는 녀석이 어떻게 마주 오는 개들이 같은 족속임을 알고 달려가 쿵쿵거린다지?

청춘 남녀가 서로에게 반하는 일도 그렇다. 한눈에 반하는 일이 가능한지 어쩐지는 모르겠으나 적어도 나랑 같은 과(科)인지 아닌지는 삼십 분만 얘기해 봐도 파악이 되기는 한다. 코드가 맞으면 다음 순서가 진행되는데 〈아바타〉의 두 주인공들이 "아이 씨 유." 라고 말하듯, 눈으로가 아니라 눈 너머 눈으로 서로를 '알아보는' 감식 과정을 통과해야 한다. 취향이든 텔레파시든 일단 그렇게 상대를 수용할 태세가 갖춰지면 이제는 제각기 들키는 일만 남는다. 연인이란 결국 들키는 관계니까.

눈에 콩깍지가 씌어야 사랑을 한다고들 하지만 사랑은 사실 콩깍지가 아니다. 눈을 감는 게 아니라 눈을 뜨는 일이다. 아무도 눈여겨보지 않은 그의 그다움에, 내밀하고 고유한 그만의 아름다움에 반하여 한없이 섬세해지고 다감해지는 일, 그것이 사랑이다. 사랑에 빠지면 상대에게가 아니라 평소보다 더 넓어지고 깊어지는 제 마음의 진폭에 스스로 놀란다. 가려지고 감추어졌던 세상이 열리고 눈동자를 가리고 있던 깍지가 벗겨져 세상이 온통 빛나 보이는, 그 개안(開眼)이 사랑 아닌가.

사랑이란 그렇듯 서로가 서로에게 벗겨지고 발견 당하는 일이다. 부끄러워 내보이고 싶지 않았던 비밀이나 허점마저 함께 공유하게 되면서부터, 그럴 수밖에 없는 이유나 상황에 공감하고 연민하며 애착하게 되면서 사랑도 이해도 시나브로 깊어간다. 웃을 때 살짝 접히는 미간에 대하여, 넷째 손가락 위의 작은 점 하나에 대하여, 그가 키우는 고양이의 안부까지 궁금해질 즈음, 상대에게 조곤조곤 제 이야기를 털어놓고 있는 스스로를 발견하게 된다. 노출증 환자처럼 그렇게 자꾸자꾸 '나'를 드러내고 싶어지면 이미 포로가 되어 버린 것이다. 더 이상 아무것도 들킬 일이 없을 때, 모든 것을 다 알아 버렸다 싶을 만큼 더는 그가 궁금하지 않을 바로 그 즈음부터, 정오를 넘긴 햇살처럼 접착력도 동력도 허물어지기 시작한다.

더는 들킬 일도 없고 들키고 싶은 사람도 없는 하오의 시간을 살고 있는 사람에게도 따라붙는 시선이 있었던 걸까. 아무래도 요즘 들키고 있는 것 같다. 그가 누구인지, 언제부터 나를 지켜봐 온 것인지 알 수는 없지만, 이번엔 느낌이 좀 다르다. 나보다도 나를 잘 알고 있는 그가, 내가 무엇을 좋아하는지, 무엇을 먹고 무엇을 사고 싶어 하는지 환하게 꿰뚫고 있는 그가 마냥 반갑지만은 않으니 말이다. 관심 가는 책들을 미리 알아 추천해 주고 사고 싶은 운동화를 눈앞에 덜컥 데려다 놓는 게 수상하다. 내 취향의 여행상품을 챙겨 주거나 유익한 강연을 안내해 주기도 하는 그에게 나도 모르게 포획되어 사육되고 있는 느낌, 편하지만 뭔가 편하지 않다.

사랑한 적도 없는 그에게 나는 왜, 어떻게 들켜 버렸을까. 사랑하지도 않으면서 사랑하는 척, 매순간 그에게 집착하고 있었던 건 아닐까. 어둠 속에 숨어 일거수일투족을 지켜보는 그의 존재를 암암리에 알고 있었으면서도 짐짓 모른 체해 왔던 건 아닐까. 설마하니 그가 도솔천의 미륵불이나 예정된 메시아는 아닐 성싶은데, 물 샐틈없는 저인망으로 세상을 지배하고 통제하고픈 어둠 속 대마왕 같은 존재 아닐까. 은밀하게 방어벽을 무너뜨리고 오랏줄도 없이 묶어 버리는.

정해 준 먹이를 먹고 골라준 옷을 입으며 대기 중인 유튜브 같은 것에 시나브로 뇌를 파먹히면서 생각 없이 끌려가게 될 것 같은 미래, 달갑지 않다. 그보다 더 문제인 것은 그렇게 자유의지를 강탈당하고도 저항할 마음도 투지도 잃고 즐거이 복종하는 노예가 되고 말 거라는 예감이다. 쌍방이 아닌 일방적 들킴은 연인이 아닌 포로가, 인질이, 먹잇감이 되어 버릴 게 분명할 터인데 촘촘한 그물 같은 이 매트릭스를 어떻게 빠져나가야 하나. 너나없이 다들 뛰어봤자 벼룩, 부처님 손바닥 안인데 말이다.

하필

〢

목련꽃이 찬비에 젖고 있다. 겨우내 이날만을 기다려 왔건만 하필이면 때맞추어 비가 내린다. 17년 동안 땅속에서 절치부심한 매미가 이제 막 지상으로 기어오르려 할 때 하필이면 그 구간이 콜타르 공사로 막혀 버리거나, 느닷없이 날아온 축구공에 하필이면 내 앞니가 부러져 버린 일 같은, 사는 동안 만나지 않았으면 하는 불운, 피하고 싶은 경우의 수를 하필(何必)이라 하필(下筆)한다. 야심 차게 공연을 준비했는데 하필이면 코로나로 관객을 만나지 못한 불운이나 오매불망 연연하는 사람의 편지를 막 펼쳐 읽으려는 찰나 하필이면 꿈에서 깨어 버리는 허망함 같은 것, 신이 서명하고 싶지 않을 때 쓰는 가명이 우연이라면 신이 변명하고 싶을 때 쓰는 핑계가 하필일 것이다.